AF290112

1.Auflage

Herstellung und Verlag
BoD, Books on Demand
Norderstedt

ISBN 978-3-7431-3834-6

GABRIELE STEININGER

ROSEN AUF SCHNEE

KRIMINALROMAN

Der Teufel hat
die Welt verlassen,
weil er weiß,
dass die Menschen
selbst einander
die Hölle heiß machen.

(Friedrich Rückert)

Inhalt

Telefonnummern machen mir Probleme. Jede Art von Zahlenreihen will sich nicht in meinem Gehirn verankern.

Vier – Zwölf – Sieben

Die einzige Kombination, die sich für immer in mein Gedächtnis gebrannt hat. Sie beinhaltet mehr, als offensichtlich ist. Es sind nicht einfach nur Zahlen, die in einer Reihe stehen. Es ist auch kein Passwort für einen Internetzugang.
Diese Zahlen sind ein Schlüssel. Mit ihnen hat sich mein Leben grundlegend geändert. Sie sind der Anfang und der Grund, warum alles so gekommen ist...

Prolog

Ein Gefühl der Einsamkeit überfiel mich, immer wenn ich vor dem grauen Granitgrabstein stand, der den Namen meiner Mutter trägt. Siebzehn Jahre klingen wie eine Ewigkeit. Doch diese Ewigkeit ist nicht lange genug, um sich von einem geliebten Menschen zu verabschieden und auch siebzehn Jahre nach der Beerdigung ist diese Zeitspanne nicht genug, um die Wunden zu schließen. Der goldfarbene Schriftzug auf dem Granit löscht sie aus, als wären sie nicht existent. Als wäre es erst gestern gewesen und all die Ereignisse, die ihrem Tod folgten, laufen vor meinem inneren Auge gleich einem Stummfilm ab.

Mein Name ist Kate und das ist meine Geschichte...

Kapitel 1

März 1989 – Der letzte Schnee

Es war ein langer Winter und jeder Mensch den ich kannte, fieberte dem Ende der anhaltenden Kälte entgegen. Ein Stöhnen ging durch die Fabrikhalle, als wir bemerkten, dass es noch einmal anfing zu schneien. Flocken, groß wie Wattebauschen, fielen vom Himmel und setzten sich federleicht schwebend auf den schneebedeckten Rasen der kleinen Grünfläche neben dem Parkplatz. Innerhalb einer Stunde war vom Asphalt der Straße nichts mehr zu sehen. Der Radio dudelte, während wir unsere Arbeit erledigten und Plastikperlen auf Schnüre fädelten. Ein knatterndes Geräusch unterbrach die Musik, und der Sprecher des Senders berichtete von den katastrophalen Wetterverhältnissen und diversen Glatteisunfällen, die sich zugetragen hatten. Wer nicht müsse, der sollte sich nicht ins Auto setzen. Mein

Blick glitt besorgt aus dem Fenster. Graue Schneewolken hingen dick am Himmel und färbten den Tag grau. Die surrenden Neonröhren über unseren Köpfen kamen gegen die Weltuntergangsstimmung vor den Glasscheiben der Fenster nicht an. Der Feierabend rückte näher und ich wartete bangend auf meine Mutter. Sie wollte mich mit dem Auto abholen, damit ich bei der Kälte nicht laufen musste. Ein Kollege nach dem anderen verabschiedete sich von mir, tappte durch den Schnee zu seinem Pkw und verließ das Gelände im Schritttempo in Richtung Heimat. Ich stand alleine im Schnee, als der Parkplatz sich schon seit geraumer Zeit geleert hatte. Ein ungutes Gefühl breitete sich in mir aus und ich wartete tapfer weiter. Doch meine Mutter kam nicht...
Ein Polizeiwagen bog schließlich auf den Firmenparkplatz und blieb vor mir stehen.
"Sind sie Katherina Berger?", fragte mich der Beamte auf der Beifahrerseite durch das aufgekurbelte Fenster. Er hat-

te es nicht ganz geöffnet, um die Kälte nicht im Wagen zu haben.

"Ja, warum fragen sie?", bibberte ich ihm entgegen.

"Wir müssen ihnen leider mitteilen, dass ihre Mutter einen Verkehrsunfall hatte."

Sie informierten mich über den Hergang. Ein junger Mann hatte die Kontrolle über seinen Wagen verloren und hatte meine Mutter gerammt. Sie hatte diverse Brüche erlitten und musste blutüberströmt auf der Trage der Sanitäter gelegen haben. Dennoch war ihre einzige Sorge, dass ich hier in der Kälte stand und auf sie warten würde und sie schon zu spät dran war. Die Beamten waren sehr nett und brachten mich sogar zu ihr ins Krankenhaus.

Sie hatte an ihrem Leben festgehalten, bis ich bei ihr war. Ihre Stimme bestand nur noch aus einem Flüstern, als sie mich zu sich hinunter zog. Es schien ihr wichtig zu sein, mir mit ihrem letzten Atemzug noch etwas mitzuteilen.

Ich verstand sie nicht. Dann entriss man sie mir, um sie hastig in den Operati-

onssaal zu schieben.
Dort starb sie.

Bis zum heutigen Tag, beschäftigen mich ihre verlorenen Worte. Ich ahne inzwischen, was sie mir sagen wollte, doch letzten Endes bleibt es eine Vermutung.
An diesem Tag habe ich gelernt, es gibt eine Art der Trauer, die so schmerzhaft ist, dass sämtliche Tränen versiegen. Eine Trauer, die so tief geht, dass weder Reden noch Denken möglich ist. Eine Trauer, die mich davon abhielt, ihr Grab in den ersten Wochen zu besuchen, weil ich es nicht ertragen hätte. Es dauerte, bis die Tränen den Weg aus meiner Seele über die Augen nach außen fanden.
Als ich die Kraft aufbringen konnte, den Friedhof zu betreten, ohne sofort in Tränen auszubrechen, entdeckte ich eine einzelne dunkelrote, fast schwarze, frische Rose auf ihrem Grab. Von da an lag jeden Freitag eine dieser Blumen dort. An ihren Geburtstagen fand sich sogar ein ganzer Strauß dessen Blüten

in ihrer Anzahl jedes verlorene Jahr zu zählen schienen. Ein Abbild welches sich vom Schnee abhob wie Blut und mich schaudern ließ, weil ich nicht wusste wer es hinterlassen hatte. Weil es eine Botschaft war.

Heute ist einer ihrer Geburtstage und ich weiß, es werden neununddreißig dieser Rosen im Schnee liegen.

Kapitel 2

Dezember 1971 - Maria Sophie

Vor Erregung und Angst zitternd, schlich sie die Treppe hinab. Die vierte Stufe ließ sie aus, weil ihr Knarren sie verraten hätte. Der Grund ihrer Angst lag im Wesen ihrer Tante, Sophia Manuela Groß, die mit ihrem vor Gott angetrauten Ehegatten Wilhelm im kleinen Salon saß. Tief über ihre Stickarbeit gebeugt, widmete die Fünfzigjährige sich der allabendlichen Unterhaltung, die sie in spärlicher Art und Weise mit ihm zu führen pflegte. Spärlich deswegen, weil ihr Gatte ihr meist nur ein Brummen zur Antwort gab, während er mit seinen Gedanken wo anders schwelgte. Es waren einseitige Gespräche und sie beschäftigten sich täglich mit dem unmöglichen Verhalten ihres Zöglings, der unter ihrem Dach lebte. Sophia kritisierte die neuerliche Katastrophe, welche dieses furchtbare Kind ganz alleine zu verantworten hatte. Willhelm wusste, dass nicht hätte passieren dürfen, was eben nun doch geschehen war. Jedoch empfand er es nicht annähernd so dramatisch, wie der Rest der verstorbenen Familie, die durch seine Angetraute allgegenwärtig war. Selten hatte er eine so rückständige Sippe gesehen, wie die seiner Ehefrau. Manches Mal hatte ihn das Gefühl beschlichen, in den Häusern des Kroner-Clans wäre die Zeit im Mittelalter stehen geblieben.

Der Umstand, selbst etwas altmodisch zu sein, half Wilhelm in der Vergangenheit damit umzugehen. Der gutmütige Mann in gesetztem Alter hatte, im Gegensatz zu seiner Frau, keine Probleme mit der Welt und dem sich entwickelnden Zeitgeist vor ihrer Haustür. Die moralische Evolution, die draußen stattfand, schien an seiner Frau jedoch spurlos vorüber zu ziehen. Sie war der letzte Dinosaurier, der sich fauchend gegen die Emanzipation der Frau stellte und an selbst interpretierten Verhaltensregeln festhielt.

Oft erinnerte er sich an die Zeit, in der sein Schwager es gewagt hatte, eine Dienstmagd zu ehelichen. Walther Manuel Kroner besaß zudem noch die Frechheit, von dieser unmöglichen Person zum Vater gemacht zu werden.
"Er hätte Beatrice van Hoegh heiraten können!", hallte der damals so oft verwendete Satz erneut in seinen Ohren. Innerlich schmunzelnd, ließ er die Erinnerung an diesen Jahrhundertschock für die Kroners an seinem inneren Auge vorüberziehen.
Gerade, als sich die Mitglieder von diesem Affront erholt hatten, brach eine Katastrophe über das junge Paar herein. Die junge Mutter hatte einen Unfall. In den Pferdeboxen wurde sie von den Hufen eines ausschlagenden Gauls am Kopf getroffen und erholte sich nicht mehr von ihren Verletzungen. Wenige Tage nach dem Ereignis verstarb sie an den Folgen des Schlages.
Der Tod von Brigitte hatte nicht im hal-

ben Maße so schockiert, wie die Hochzeit es getan hatte. Im Gegenteil. Die Umstände kamen der Sippschaft entgegen. In der Öffentlichkeit wurde der Schein von wahrer Trauer gewahrt, die hinter verschlossenen Türen nicht existent war. So konnte Wilhelm sich erinnern, wie seine Schwiegermutter vier Wochen nach Brigittes Tod ihm vorgeschlagen hatte, eine Hochzeit mit Beatrice noch einmal zu überdenken. Walther hatte sie an diesem Abend nur stumm angesehen und den Raum ohne weiteres Wort verlassen.

An diese Zeit erinnerte sich Wilhelm nicht gerne. Sein Schwager kam nicht damit zurecht, seine geliebte Frau nie wieder in den Armen halten zu können. Er ertrank sichtbar in Trauer und Schmerz über ihren unerwarteten Tod. Auch Wilhelm konnte keine Worte finden, die ihn getröstet hätten.

Walther hatte sie sehr geliebt und das Verhalten seiner Angehörigen quälte ihn. All die Falschheit, die sie in der Öffentlichkeit an den Tag legten, war zu viel für seinen angeschlagenen Zustand. Mit dem Jagdgewehr seines Vaters setzte er seinem schmerzlichen Dasein ein Ende, nachdem er ein Testament hinterlassen hatte, das ihnen allen noch schwer im Magen gelegen hatte. Das Schriftstück sorgte für neuen Aufruhr, regelte es doch die Unterbringung der Tochter und die Verwaltung des Vermögens. Seit dieser Zeit wuchs die kleine Maria Kroner, die nun eine Vollwaise war, bei ihrer Tante Sophia und ihrem Onkel Wilhelm Groß auf. Sehr zum Ärger von Sophie, sollte das Vermögen der Familie Kroner an dieses Balg vererbt werden. Wilhelm Groß wurde als Verwalter eingesetzt. Er legte es gut für das Mädchen an und tat alles, um ihr zukünftige, finanzielle Sorgen zu ersparen. Eines Tages würde Maria Sophie Kroner eine reiche junge Frau sein, die sich keine Sorgen um Geld machen müsste.

Das Mädchen hatte keine schöne Kindheit, weil ihre Tante sie sehr streng erzog und sie drangsalierte, wo es nur möglich war. Was Maria auch tat, nichts war gut genug, nichts konnte sie richtig machen. Jeder Dienstbote im Hause Groß hatte Mitleid mit ihr.

Als sie siebzehn Jahre alt wurde, konnte sie die Folgen ihrer heimlichen Liebe nicht mehr verbergen. Die fortschreitende Schwangerschaft formte ihren Körper und auch weite Kleider halfen nicht, das Tatsächliche zu verschleiern. Sophia, der es nicht gegönnt war Kinder zu bekommen und die sich teilweise deshalb zu einer verbitterten, alten Betschwester entwickelt hatte, legte die Stickerei mit Nachdruck auf dem kleinen Beistelltisch ab. Energisch erhob sie ihre Stimme, um ihrem Gatten die Meinung zu sagen.

"Nein mein Lieber. Nein, nein und nochmals nein! Ich kann es einfach nicht glauben, dass du dich derart dazu äußerst. Wilhelm!"

Willi Groß legte die Zeitung widerwillig zur Seite und zündete sich seine Pfeife an. Im Kamin knisterte ein kleines Feuer. Trotz der warmen Tage kühlte es abends unangenehm ab, sobald es dunkel wurde. Die Wärme der Feuerstelle konnte die Kälte in dem Raum nicht vertreiben.

"Aber Sophia, so schlimm ist es nun auch wieder nicht. In der heutigen Zeit ein uneheliches Kind zu bekommen ist doch kein Weltuntergang. Die Zeiten haben sich sehr geändert und Wolfgang wird sie heiraten, sobald das Trauerjahr vorüber ist."

Er verstand die Aufregung seiner Frau nur zum Teil. Es war sicher nicht leicht, die eingefahrenen, geistigen Spuren eines Lebens zu verlassen, vor allem wenn diese durch eine derart veraltete und glaubensbezogene Erziehung begründet waren, wie seine Frau sie genossen hatte.

Trotzdem hatte er gehofft sich mit ihr in Ruhe über die Lage unterhalten zu können, was augenscheinlich doch nicht der Fall sein würde.

"Willhelm!", regte sich die Tante auf. "Du wirst doch hoffentlich nicht ernsthaft davon ausgehen, dass die Familie einer solchen Verbindung jemals zustimmen wird? Dieses - dieses Subjekt mit einer geborenen Kroner? Auch wenn sie einen Bastard zur Welt bringen wird und unseren Namen damit für alle Zeiten in den Schmutz zieht. Nein - niemals wird es dazu kommen!"

Willi Groß wusste nicht von welcher Familie seine Frau redete. Denn weder Sophias Eltern noch ihr Bruder lebten noch.

"Hör auf!", dröhnte seine Stimme harscher, als er es beabsichtigt hatte. "Ich will so eine Bezeichnung für das arme Kind nie wieder aus deinem Mund hören!"

"Die Familie, der Name Kroner wurde von dieser Person ruiniert!", schrie sie ihn an. Eine ungesunde Farbe breitete sich auf dem Gesicht seiner Frau aus.

Die Familie. Die Familie war also wieder einmal allgegenwärtig. Egal ob unter den Lebenden, oder den Toten.

Hätte der junge Herr Groß vor seinem Termin im Hause Kroner im Ansatz erahnt, wie sich alles entwickeln würde, niemals wäre er an dem Tag, an dem er sie kennenlernte, zum Anwesen der Familie Kroner gefahren.

Er hätte die Einladung von Sophias Vater mit einer fadenscheinigen Ausrede abgelehnt, sie nicht kennen gelernt und sich nicht in diesen Traum von Frau in weißem Chiffon verliebt, von dem Nichts geblieben war. Selbst seine Frau wurde zu damaligen Verhältnissen schon mittelalterlich erzogen. Er hätte es ahnen müssen und genau das warf er sich jetzt vor.

Er stand auf, ging zum Kamin und lehnte sich an den Sims.

Sophia setzte erneut an etwas zu sagen, wurde aber von ihrem Mann ruppig unterbrochen.

"Nein. Sag nichts was du später bereuen würdest." Wie konnte aus diesem Schmetterling, den er so sehr geliebt hatte, diese grausame Gottesanbeterin werden. "Das Mädchen hat keinen Glauben, hast Du nicht gesehen wie sie im Gottesdienst sitzt? Als würden die Zehn

Gebote nicht für sie gelten! Ihre Gestik ist der blanke Hohn! Sie verachtet die Schrift und alles woran wir glauben. Unsere Moral, unser Leben und sie ist sich nie der Verantwortung bewusst geworden, die Ihr Name mit sich bringt", versuchte sie ihren Mann auf ihre Seite zu bringen. "Sophie, dieses Mädchen ist in eine Zeit geboren, in der das alles nicht mehr zutrifft. Ich vermute, hätten wir selbst Kinder, wären sie nicht sehr viel anders."

"Wir haben aber keine Kinder", warf sie ihm gereizt entgegen. "Und ich bin froh darüber. Gott verschonte mich mit so einer Plage. Lieber habe ich keine, als solche, die den Namen des Hauses durch den Dreck ziehen, und die Worte der Bibel mehr ausspeien, als sprechen", erwiderte sie spitz. Es reichte. Willhelm Groß konnte den Hass und die Verbitterung seiner Frau nicht mehr ertragen. Wie konnte man so verbohrt sein? Natürlich war es nicht einfach für sie gewesen, keine Kinder zu bekommen. Wilhelm wusste auch, dass er die Schuld an diesem Umstand trug.

Aber er hatte es sich nicht ausgesucht und glaubte an die ewige und wahre Liebe, in der es keine Rolle spielte, welche Defizite der jeweils Andere aufwies. Seine Frau hatte da eine andere Sicht der Dinge und hielt, entgegen der ärztlichen Diagnosen daran fest, es sei eine Strafe Gottes für die Schande der Familie. Still leidend und betend ertrug sie jahrelang die Erwartung ihrer Eltern, einen Erben in die Welt zu setzten, bis diese gestorben waren.

"Nun, vielleicht ist genau das der Grund, warum du keine bekommen hast", erwiderte er hart. Innerlich erschrak er vor sich selbst, als ihm bewusst wurde, dass er mit seiner Frau nie wirklich Kinder haben wollte.

"Und, wenn ich es mir recht überlege, bin ich ebenfalls sehr froh darüber. Ich bin froh, dass du nie schwanger geworden bist. Nicht wegen des Namens dieses Hauses, der vielleicht im Dreck liegen könnte. Oh nein. Sondern der Kinder wegen und jetzt entschuldige mich

meine Liebe, ich bekomme keine Luft mehr in diesem Raum."
Willhelm musste gehen, verließe er diesen Raum nicht augenblicklich, wäre er ernsthaft in Gefahr seiner Frau den spindeldürren Hals umzudrehen.

Maria, die mit Tränen in den Augen versteckt vor der Salontür stand, konnte sich gerade noch dahinter an die Wand pressen, als Onkel Wilhelm herausschoss.
Im Gehen riss er Mantel und Hut vom Haken.
Blind, vor Zorn und Ärger, verließ er das Haus der Familie Groß, alles Anwälte in der dritten Generation,
"Wilhelm! Wilhelm, wenn du jetzt gehst,...", fauchte ihm seine Gemahlin hinterher, aber er konnte sie schon nicht mehr hören. Tante Sophie war ebenfalls aufgesprungen und stand im Türrahmen. Maria, die dicht an die Wand gepresst stand, wagte nicht einmal mehr zu atmen.
Wenn ihre Tante sie jetzt entdeckte war

alles aus.

Schließlich zog Sophia Groß, die ihren Wohlstand fast ausschließlich dem Umstand verdankte, einer reichen Familie zu entspringen und dem Erfolg ihres Gatten, die Türe widerwillig zu. Beleidigt setzte sie sich in ihren Sessel. Mit dem Gefühl, von niemandem verstanden zu werden, nahm sie ihre Stickerei auf.

Diese verzogene Mistgöre hatte es also geschafft. Sie hatte nicht nur Ihrer Familie geschadet, sie war auch dabei ihren heiligen Bund zu gefährden. Ihre, Sophies Ehe. Ausgerechnet sie, die gegen jede Moral und jedem Gottesglauben sich hatte schwängern lassen. Von einem verheirateten Mann! Mit jedem Stich ihrer Nadel, wuchs die Empörung über diese Entsetzlichkeit in ihr. Von einem, der bei Ihr persönlich in Verdacht stand, dem Ableben seiner an Krebs erkrankten Frau nachgeholfen zu haben. Und schuld daran war Maria. Diese Ausgeburt der Hölle hatte ihn sicherlich dazu angestiftet, damit die Frau schneller aus dem Weg wäre. Das Mäd-

chen war ein Teufel den es zu vernich-
ten galt.

Und die Frau, die ihren Bruder Walther
Manuel geheiratet hatte, brachte diesen
Teufel in ihre Familie. Schließlich war sie
die Mutter dieses Balges, welches sie
jetzt am Hals hatte.

Diese, diese Rosner. Eine Bedienstete.
Eine Magd, die NICHTS hatte und noch
weniger war.

Unwürdig, den Namen Kroner überhaupt
in den Mund zu nehmen, ganz zu
schweigen davon, ihn zu tragen, oder an
ihre Brut weiterzugeben. Eine von der
Sorte, die nie etwas Gutes brachte und
von deren Ehelichung ihm die ganze
Familie abgeraten hatte.

So brütete sie vor sich hin und nach jedem ihrer gehässigen Gedanken stach
sie auf das Sticktuch ein, als wollte sie
es ermorden.

Maria, die wie gelähmt immer noch an
der Wand stand, liefen die Tränen über
die zarten Wangen. Still und leise, ohne
einen einzigen Schluchzer der sie verra-

ten hätte, weinte sie in sich hinein.

Langsam schlich sie weiter über das Stückchen Flur in die Küche und von dort durch eine weitere Tür in den Hausgang im ehemaligen Dienstbotentrakt. Sie huschte hinaus, eilte über die schmale Grasfläche zum Obstgarten, um in den nahe gelegenen Park zu laufen. Erst als sie das Großsche Grundstück verlassen hatte, lies sie ihren Tränen freien Lauf.

In einer versteckten Nische der Grünanlage wartete Wolfgang Hanauer auf seine Geliebte. Nur mit einiger Mühe konnte er sie beruhigen, als sie bei ihm ankam. Er würde sie auf jeden Fall heiraten, denn sie trug sein Kind unter dem Herzen.

Kapitel 3

Mai 1989 – Katherina Berger

Die Stadtwohnung, in die ich kürzlich gezogen war, hatte laut Mietvertrag fünfunddreißig Quadratmeter Wohnfläche. Wäre es eine normale Wohnung gewesen, hätte die Angabe gestimmt. Bei einer Mansarde, mit einem so flachen Dachwinkel, dass es unmöglich war Möbel mit normalen Abmessungen zu stellen, traf es nicht zu.

Ich befand mich in der Vierten Etage, deren Bewohner bunt gemischt dort wohnten und meine direkte Nachbarschaft bildeten.

Links neben mir hausten sehr laute, junge Leute. Eine WG mit vier Personen, die ich als erste kennengelernt hatte. Ratte, der eine Woche nach mir eingezogen war, fiel auf. Er hatte nichts Besonderes an sich, es war mehr seine Normalität, die ihn aus der Gruppe her-

ausstechen ließ. Kalle, ein auf den ersten Blick verrückt wirkender junger Mann Anfang zwanzig, war mir ein bisschen unheimlich. Schnüffler und Äugi, die den harten Kern der WG bildeten, wohnten dort schon länger. Die Truppe sorgte zu jeder Zeit dafür, dass die übrigen Mitbewohner mit Rock und Punk, Pop und Hip-Hop gut versorgt wurden. Ob man das nun gut fand, oder nicht.
Rechts neben mir wohnte ein nettes, älteres Ehepaar. Schwerhörig und absolute Gegner von Hörgeräten, mit einem sehr geringen Schlafbedarf. Dieser bestätigte sich durch die Betriebszeit des Fernsehers pro Tag, bei voller Lautstärke. Außerdem gab es noch ein spanisches Pärchen, Eine sehr neugierige, schwatzhafte Witwe und eine leere Wohnung, die nicht so leer war, wie es den Anschein hatte. Eine ältere Dame wohnte eine Wohnung weiter auf meiner Seite.
Als ich damals einzog, zählte für mich vor allem die geringe Miete von 300 Mark, in der sämtliche Nebenkosten

enthalten waren. Der Stromverbrauch war das Einzige, was noch hinzukam und den konnte ich sehr einschränken, wenn ich wollte. Weitere Vorteile dieser Wohnung lagen in der bereits vorhandenen Küchenzeile und einer kleinen Essecke, welche der Vormieter zurückgelassen hatte. Die kleine Eckbank mit abgescheuertem Bezug und der wackelige Küchentisch, der seine Glanzzeiten eindeutig hinter sich hatte, rundeten das Bild ab. Waschmaschinen und Trockner im Keller, die von den Mietern frei benutzt werden konnten, beschleunigten meinen Entschluss, die Wohnung zu nehmen. Sie war perfekt für jemanden wie mich, der nicht wusste, wo er sonst hinsollte und auch das Geld nicht hatte, sich neu einzurichten. Nicht nur, dass ich mir die alte Wohnung nicht mehr hätte leisten können. Es waren vor allem die Erinnerungen an meine verstorbene Mutter, die mich aus diesem Haus trieben. Ich befürchtete verrückt zu werden, müsste ich auch nur einen Tag länger dort leben.

Mit zwei Koffern bewaffnet besetzte ich "Mein Loft", stolz auf eigenen Beinen zu stehen.

Die Möbel meiner Mutter hatte ich verkauft. Zum Einen, um den Umzug, die Renovierung der alten Wohnung und die Kaution bezahlen zu können. Andererseits hätte ich sie nie untergebracht. So war der Transport meiner Sachen sehr übersichtlich geblieben.

"So das war die letzte Schachtel", schnaufte Kerstin. "Tu mir bitte einen Gefallen Schätzchen, mach deiner Freundin einen Kaffee und schwör mir, nie wieder in eine vierte Etage zu ziehen. Das ist ja mörderisch." Erschöpft ließ sie sich auf die Eckbank nieder und wischte sich mit dem Handrücken über die Stirn. Ich kannte meine Freundin gut genug, um sie ihre Hilfe beim Schleppen zusichern zu lassen, bevor ich ihr eröffnete in welches Stockwerk die Sachen mussten.

"Gut, einmal Kaffee für die nette alte Lady, die meine Sachen geschleppt hat." Scherzhaft knuffte ich sie in die Seite.

Kerstin protestierte.

"Wenn du mich schon so hintergehst, kannst du wenigstens für die Verpflegung aufkommen. Eigentlich bist du mir für JEDE STUFE einen Kaffee schuldig", scherzte sie.

"Aber sicher doch." Zwinkernd sah ich sie an. Die Kaffeemaschine, zwei Becher, Milch, Zucker und Kaffeepulver, fand ich schnell in den sorgfältig beschrifteten Kartons.

Es dauerte nicht lange bis ich mit ein paar Leuten auf der Etage Bekanntschaft geschlossen hatte. Auch die Einrichtung meiner Wohnung ging Schritt für Schritt vorwärts. Nach paar Monaten hatte ich ein neues Bett, überraschender Weise noch original verpackt, aus der Auflösung einer alten Wohnung der unteren Etagen. Einen Kleiderschrank vom Flohmarkt, der lediglich ein neues Scharnier und eine Grundreinigung gebraucht hatte, ein schnuckeliges Sofa aus einem Restpostenladen und einen gebrauchten Fernseher ergattert.

Der Fabrikjob, den ich damals hatte, war als Übergangslösung gedacht. Jetzt, da ich ohne Netzt und doppelten Boden unterwegs war, sicherte er mir ein bescheidenes Einkommen, mit dem es sich leben ließ.

Die Zeit lief dahin und plötzlich war der Herbst gekommen, mit all seinen kalten nassen Tagen, die man so gerne vergisst. Die Heizungen liefen noch nicht, weshalb es abends unangenehm kühl wurde. Ich freute mich auf den ersten Winter in meiner eigenen Wohnung und träumte, mit Heißer Schokolade und einer Decke, in die ich mich auf dem Sofa eingewickelt hatte, von Schneeflocken und Weihnachtsbeleuchtung in der Stadt, die ich von meinen Fenstern aus gut sehen konnte. Kurz nickte ich ein und als ich auf die Uhr sah, war es erst acht. Zu früh, um schon ins Bett zu gehen. Ein Brummen zog sich, begleitet von einem beängstigenden Krachen, durch die Leitungen der Heizkörper und mit lautem Gluckern kündigte sich die Inbetriebnahme der Heizung an. Ich beschloss mir einen gemütlichen Abend zu machen und Seifenopern zu sehen. Weder das Titellied von Miss Marple, welches aus der Rentnerwohnung mit den Klängen von Highway to Hell aus der WG im Streit lag, noch die kackende Heizung sollten mich davon abhalten. Gerade als Dr. ? mit der Oberschwester in der Besenkammer verschwand, um was auch immer mit ihr zu tun, schlief ich ein.

Kapitel 4

Erinnerungen einer alten Dame

Sie hielt die alte Photographie in Händen, auf der ihre Nichte abgebildet war.
Die Rentnerin erinnerte sich noch ganz genau an die Tragödie, die sich damals abgespielt hatte. Ein uneheliches Kind wurde fern ab von den Augen der Gesellschaft auf dem Land bekommen. Ein schlechtes Zeichen in dieser Zeit.
"Nein, nicht in dieser Zeit - in dieser Familie!", verbesserte sie sich. Eine Schande, die auf keinen Fall mit dem Namen der Herrschaften in Verbindung gebracht werden durfte.
"Am Liebsten hätten sie dich sofort umgebracht", flüsterte sie und strich sanft mit den Fingern über das Bildnis.
Heimlich hatte Mia ihrer Tante geschrieben und der letzte Brief den sie von ihr bekommen hatte lag 20 Jahre zurück.
Trotzdem hob sie die bereits vergilbte

Seite in einer kleinen silbernen Schachtel, zusammen mit dem letzten Bild von Mia auf.
Er war sehr euphorisch und voller Zuversicht und strotzte vor Überzeugung, es würde sich doch noch ALLES zum Guten wenden.

Liebe Tante,

so lange habe ich mich danach gesehnt, dass doch noch alles gut werden würde und fast sieht es so aus als würde sich diese Sehnsucht erfüllen.

Ich weiß dass es dir das Herz zerbricht, das wir uns nicht mehr sehen dürfen, denn mir geht es damit genauso.

Ich hoffe, das es dich zumindest trösten möchte mich bald glücklich zu wissen, denn mein Wolfgang, der Vater meines Kindes, hat sich entschlossen mich zu heiraten.

So Gott will, werde ich dir also bald ein Bild von meiner eigenen kleinen Familie schicken können, in der du immer herz-lich willkommen sein wirst.

Tante Sophie ist noch strenger als sonst. Ich schaffe es fast nicht mehr aus dem Haus zu kommen. Sie wisse ja was für gottlose Sünden ich treibe wenn man mich auch nur einen Augenblick aus den Augen liebe.

Ich freue mich auf den Tag, an dem ich Frau Hanauer bin und dieses Gefängnis verlassen kann. Leider wird mein Baby schon auf der Welt sein und ich bete zu Gott, dass der kleine Wurm keine Schäden aus diesem Haus erleidet.
Inett ist inzwischen wie eine Verschworene für mich geworden.
Sie schmuggelt alle meine Briefe an Dich aus dem Haus und gibt sie Helena.
Das ist das Kindermädchen der Sommerfelds und die gibt sie dann Marianne, der Köchin.
Es wäre nicht auszudenken wenn die Familie von unserem Kontakt erführe.
In ewiger Liebe
Deine Mia

Dieser Brief und das kleine Portrait waren; was von Mia geblieben war. Einige Monate nach diesen letzten Zeilen, erreichte Ingrid Rosner eine ganz andere Nachricht.

Mia wäre tot. Umgekommen bei einem Hausbrand. Keine Zeile über das Baby, welches sie in der Zwischenzeit zur Welt gebracht hatte - keine Erklärung, über die Umstände dieser Tragödie. Die Familie Kroner hatte es wieder einmal geschafft, einen vermeintlichen Schandflecken aus ihrer nicht ganz blütenreinen Weste zu waschen, ohne Spekulationen darüber dulden zu müssen, wie das geschehen war.

Sie sah zu der gerahmten Aufnahme der Familie hoch, die mehr aus Gewohnheit, als aus Hochachtung über der Kommode an der Wand thronte. Das ausgeblichene Bild zeigte Sophie und Willhelm Groß, neben Walther und Brigitte Kroner, die ihre neugeborene Tochter Mia auf dem Arm hielt. Das Bild war drei Jahre vor Brigittes Tod aufgenommen worden. Mit aufmüpfigem Blick reckte sie ihnen das

Kinn entgegen.

"Hättet ihr wohl nicht gedacht, dass ich sie wieder finde. Und das Schönste, sie wird alles von mir bekommen, was ihr ihrer Mutter verweigert habt." Ein letztes Mal strich sie zärtlich über das Gesicht ihrer Nichte, bevor sie das Bild und den Brief sorgfältig in die silberne Schachtel zurücklegte und in der Kommodenschublade verwahrte. Gerade so, als müsse sie die beiden immer noch vor dem Kroner-Clan schützen. Sie verstecken und behüten, vor all dem Hass, den diese Familie in sich getragen hatte.

Kapitel 5

Eine Alte Freundin

Am Samstag wurde ich von einem Nerven raubenden Meeeeeep! Meeeeep! geweckt. Meine Augenlider verweigerten mir den Dienst. Meeeep! Meeeep! Langsam bewegte ich mich und versuchte mich aufzurichten. Mein ganzer Rücken schmerzte. Ich hatte mich auf der Couch verlegen und schaffte es mühevoll ein Auge halbwegs zu öffnen. Shit, der Wecker. Ich hatte ihn glatt vergessen und er spuckte munter weiter diese lauten Töne in meine Richtung. Nach dem x-ten Angriff meines lärmenden Inventars, war ich stolpernd im Schlafzimmer angekommen und drückte auf den roten Knopf der den Alarm beendete. Es war vier Uhr dreißig morgens, oder besser gesagt - mitten in der Nacht. Nach kurzer Überlegung, beschloss ich die unfreiwillig gewonnenen Stunden zu nutzen. Gegen zehn vormittags hatte ich alles erledigt, was ich die ganze Woche über vor mir her geschoben hatte.
Putzen, Staubwischen, Waschen, Bügeln, Wäsche einräumen, abspülen, so-

gar die Fenster hatte ich geputzt, obwohl das fast schon sprichwörtlich "für die Tauben" war, da sie in spätestens drei Tagen wieder voller Industriestaub und Vogelkacke sein würden. Das war der Preis dafür, ausschließlich Dachfenster in der Wohnung zu haben. Erst als ich geduscht hatte gönnte ich mir einen Frühstückskaffee mit Milch ohne Zucker. Kaffee und Zucker passten meiner Meinung nach einfach nicht zusammen. Ich nahm mir einen Zettel und einen Stift, um mir eine Einkaufsliste zu schreiben, die ich mit großer Wahrscheinlichkeit wieder auf dem wackeligen Küchentisch vergessen würde. Natürlich würde mir das erst auffallen, wenn ich die vier Stockwerke zu Fuß zurückgelegt hatte und mein innerer Schweinehund mir beharrlich versichern würde, dass es sich nicht wirklich lohnt nochmals zurückzulaufen. Schon gar nicht wegen eines Zettels, dessen Inhalt ich selbst geschrieben hatte und an den ich mich bestimmt auch so erinnern würde. Leider gab es keinen Aufzug, der den Rückweg erleichtert hätte, sonst hätte ich mir das mit dem Umkehren überlegt. Das heißt, gegeben hätte es ihn schon, nur funktioniert hatte er das letzte Mal irgendwann kurz nach dem Zweiten

Weltkrieg.

Entgegen meiner "Einkaufslisten- vergessen- Schwäche" hatte ich sie diesmal dabei, versäumte die S- Bahn auf meinem Rückweg um eine Sekunde und kam erst gegen dreizehn Uhr, schnaufend und mit zwei vollen Tüten bewaffnet, im vierten Stock an. Die Etagentür donnerte mir entgegen und ich konnte gerade noch auf den engen Absatz, der sich hinter der offenen Tür an die fleckige Wand schmiegte, zurückweichen.

Die Stimme von Ratte hallte in den Gang des vierten Stockes.

"Du blöde Schlampe! Leck mich doch kreuzweise am Arsch!" Nach dieser lautstarken Ansage warf er die schwere Brandschutztür mit Wucht in die Zarge zurück. Wutentbrannt und ohne mich zu entdecken, lief er die Treppe hinunter. Kurz darauf hörte ich die untere Tür mit einem Rums ins Schloss fallen. Durchgeknallte Jugend dachte ich und musste unwillkürlich grinsen. War ich, mit meinen jetzt knapp achtzehn Jahren, schon so viel erwachsener? Ich wusste es nicht. Es war ja auch egal.

Mit einer Tüte zwischen den Beinen abgestellt, öffnete ich die schwere Tür und drückte sie mit der Hüfte auf, als ich

meinen Einkauf wieder aufnahm. Es war gar nicht so einfach durch diese Tür zu kommen, wenn man keine Hand frei hatte.
Die Wohnungstür von der alten Frau Rosner ging auf und sie grüßte mich nett, als sie mich sah. Ich grüßte zurück, die Frau war wirklich liebenswert und ich bewunderte ihren Elan, mit dem sie trotz ihrer Arthritis die vier Stockwerke zu bewältigen schien. Als ich meine Tür aufschloss flog die Tür der WG auf und Äugi, die eigentlich Eugenie Kurz hieß, schrie mich mit vor Zorn funkelnden Augen und hochrotem Kopf an.
"Bilde dir ja nicht ein -!", dann machte sich Enttäuschung in ihrem Gesicht breit. "- ach Du bist es."
"Stress?", fragte ich vorsichtig.
"Das geht dich gar nichts an, du dumme Pute!" Und mit einem hochnäsigen und trotzigen Ausdruck auf ihrem Gesicht verschwand sie, den Kopf in den Nachen werfend, hinter der Tür. Baff stand ich einen Moment lang, den Schlüssel in der Hand, der in der Tür steckte, auf dem Flur.
Kalle stand am Ende, an der Wand lehnend und ging seiner Lieblingsbeschäftigung nach. Den moosgrünen Filzteppich anstarren.

"Krass", sagte er, ohne den Blick auch nur eine Sekunde zu heben. Es war nicht nachvollziehbar, ob er Äugis Verhalten, oder die Farbe des Bodenbelags damit kommentierte. Ich schüttelte den Kopf und schlüpfte in meine Wohnung. Zumindest wusste ich jetzt, wer die blöde Schlampe war.

Harte Bässe einer Hardrockgruppe, die ich nicht kannte, dröhnten aus der Wohnung der WG. Nachdem ich meine Einkäufe verräumt hatte warf ich einen Blick in die Zeitung.
"Rentner tot in Wohnung gefunden", prangte auf Seite Drei. Die Frage, was wohl passieren musste, um auf Seite Eins zu kommen, schoss mir kurz durch den Kopf. Ich überflog den Artikel. Anscheinend hatten sich zwei, oder mehrere Personen darauf spezialisiert ältere Menschen zu überfallen.

"Rentnerbande schlägt zu... wurde ein Rentner tot von seiner Tochter aufgefunden... angesichts des Tatortes um einen Raubüberfall handelt... sachdienliche Hinweise sind bei der örtlichen Dienststelle anzuzeigen.
Die Polizei rät: lassen sie keine fremden Menschen in ihre Wohnung."

Es war, bei der gerade beginnenden Doppelbeschallung, unmöglich sich zu konzentrieren. Ich gab es auf die Zeitung weiter zu lesen und ließ MTV im Fernseher laufen, um den akustischen Attacken nicht völlig ausgeliefert zu sein, denn meine Rentner, auf der anderen Seite meiner Behausung, hatten sich entschlossen den "Hund von Baskeville" mächtig heulen zu lassen. Beinahe hätte ich das relativ leise Klopfen nicht gehört, mit dem sich Besuch ankündigte. Ich hätte mit vielem gerechnet, aber nicht mit Ihr.

Ingrid Rosner hielt sich mit einer Krücke, die sie krampfhaft umklammerte, auf dem langen Flur aufrecht.

"Bitte entschuldigen sie die Störung", fing sie an. Man merkte, dass sie etwas auf dem Herzen hatte und es ihr nicht leicht fiel sich darüber zu äußern. "Hätten sie vielleicht einen Augenblick Zeit?"

"Aber natürlich, kommen sie doch herein und setzen sie sich", bat ich sie in meine Wohnung, während ich mich fragte, was sie von mir wollte. Den von mir angebotenen Kaffee lehnte sie dankend ab, aber den Tee nahm sie gerne an und so goss ich ihr eine Tasse Pfefferminz und mir einen leider ziemlich kostspieligen Instantkaffee auf, den ich fälschlicher

Weise mit eingekauft hatte. Normal kaufte ich Filterkaffee, aber in der Hektik, das Geschäft würde in wenigen Minuten schließen, vergriff ich mich. Als wir beide saßen fragte ich sie, was sie denn so wichtiges mit mir zu bereden hätte. Sie kämpfte sichtlich einen Moment mit sich, bevor ich eine Antwort bekam.

"Ich habe mich gefragt, - nun, ich habe mich gefragt ob sie mir vielleicht helfen könnten, aber wenn es nicht geht ist es auch nicht schlimm, ich möchte sie nicht zusätzlich belasten und auch keine Umstände machen." Die alte Dame starrte in ihre Tasse wie ein Verurteilter, der darauf wartet, dass man ihm jeden Moment den Kopf abschlägt.

"Womit könnte ich ihnen denn helfen?", fragte ich behutsam. Es schien ihr peinlich eine fremde Person um Hilfe zu bitten.

Nach anfänglichem Stocken, sich an mich wenden zu müssen, erzählte sie mir von ihren Kindern, die sich nicht kümmern könnten, weil sie zu weit weg wohnten. Sie erläuterte den Umstand, dass sie sich mit meinen eigenen Worten, nicht wirklich um ihre Mutter scherten. Die Tatsache, dass ihr Mann, Gott hab ihn selig, nun auch nicht mehr unter uns weilen würde, machte es für sie nicht einfacher. Ihre Arthritis würde immer schlimmer und sie könnte letztendlich die vier Stockwerke mit den Einkäufen nicht mehr bewältigen. Sie würde mich auch bezahlen, wenn ich zusagen würde ihr den Einkauf zu erledigen. Die üblichen zwanzig Prozent, welche der Einkaufsservice berechnete, könnte sie nicht aufbringen, aber ich sollte es nicht umsonst machen.

Weder meine Erziehung noch meine Moral hätten es zugelassen die karge Rente der alten Witwe zu dezimieren. Deshalb stellte ich sie vor den Entschluss, dass ich für sie einkaufen würde unter der Bedingung mich nicht dafür zu bezahlen. Nach einigem hin und her willigte sie, mit sichtlichem Unbehagen meine Zeit unentgeltlich in Anspruch zu nehmen, schließlich ein.

Die folgenden Wochen liefen dahin, Ingrid steckte mir zwei Mal die Woche einen Umschlag mit Geld und ihrer Einkaufsliste unter der Tür durch, und ich ihr jeden Abend die Post, die ich für sie hoch holte. Ich kaufte gerne die paar Dinge für sie ein, die ich ihr abends brachte und genoss es danach immer bei einer Tasse Tee noch ein bisschen zu plaudern. Sie erzählte mir ein wenig von ihrem Leben und ich ihr von meinem. Wenig später wusste ich, dass sie ihre Lebensgeschichte schreiben wollte und ich sie eines Tages als Erste lesen dürfte. Sie hatte Kinder, wenn sie auch nur von ihrer Tochter Rosa erzählte und einem Mann, der Walther hieß und auf die spießbürgerliche Art seiner Verwandtschaft gut verzichten konnte. Selten bekam sie Besuch von ihrer Schwägerin, was aus Ingrids Sicht immer noch zu oft zu sein schien, dass aber Dr. Meierhofer einmal im Monat bei ihr vorbeikam, um nach dem Rechten zu sehen, was sie sehr genoss.

Sie hätte sich mit Ratte angefreundet, erzählte sie, der ein aufrichtiger Bursche sei und borgte Äugi ab und an eine Tasse Zucker, oder eine Tüte Milch. Kalle fand sie sehr seltsam, lobte aber seine Bereitschaft sie nett zu grüssen und verurteilte Schnüfflers Alkoholverbrauch. Ich erzählte ihr von meiner Mutter Martina und wie sie drei Monate vor meinem achtzehnten Geburtstag gestorben war. Das ich meinen Vater nicht gekannt hatte und ihn deswegen wohl auch nicht vermisste.

Von meiner besten Freundin Kerstin, die mir erst beim Umzug und später beim Suchen meiner Möbel tatkräftig geholfen hatte und immer für mich da war, sobald mich das Elend packte und ich mich schlecht fühlte. Und, wie viel Glück ich hatte, nicht ins Heim zu müssen, weil ich noch keine achtzehn gewesen war. Ich erzählte ihr auch von meinem Job in der Fabrik und dass das geerbte Geld geradeso für die Beerdigung gereicht hatte. Wir sprachen viel über meine Mutter und es half mir ungemein, meine immer noch gegenwärtige Trauer zu bewältigen. Man könnte sagen, sie wurde eine richtige alte Freundin.

Äugi, alias Eugenie Kurz, platzte eines Tages aus der Tür, als ich gerade in meine Wohnung wollte. Unsicher stand sie auf dem Flur und trat von einem Fuß auf den anderen. Ich hielt inne und sah sie fragend an.
"Na? Wie geht es?", fragte ich sie kurzentschlossen, um das peinliche Schweigen zu unterbrechen.
"Gut danke. Und bei dir?", presste sie heraus.
"Danke auch gut", erwiderte ich etwas unbeholfen. Es war nicht so, dass ich Äugi nicht mochte, ich wusste nur nicht, was ich mit ihr reden sollte. Für mich war sie ein verschlossener Mensch, der zu unkontrollierbaren Wutausbrüchen neigte und den man mit den falschen Worten nicht reizen sollte. Einen Moment lang standen wir uns unschlüssig gegenüber.
"Brauchst du was?", fragte ich, da ich nicht wusste wie ich sonst reagieren sollte. Meine Nachbarin war manchmal echt unheimlich und gerade in diesem Moment wollte ich mir nicht anmerken lassen, dass ich sie seltsam fand.
"Nein" bekam ich als Antwort.
"Na dann?", sagte ich und auch sie sagte "Na dann." und schon war sie wieder

verschwunden. Mit einem Kopfschütteln betrat ich mein Zuhause. Manche Leute hatten eine sehr seltsame Art sich mit anderen anzufreunden. Etwas später kam mir der Gedanke, dass es eine Entschuldigung sein könnte, für den Angriff den sie vor Tagen auf mich geführt hatte. Normal fand ich das nicht. Eigentlich war hier niemand richtig "NORMAL". Dieser Etage schien eine Art Sammelpunkt für leicht psychisch geschädigte Menschen zu sein.
War da wirklich niemand, der keinen Sprung in der Schüssel hatte?
Die Etage beherbergte ein Pärchen zweier Halbspanier, deren Temperament täglich aneinander geriet, die aber anscheinend weder mit- noch ohneeinander konnten. Die Tatsache, dass ihre Versöhnungen nicht weniger Laut waren, als ihre Auseinandersetzungen, machte die Sache nicht besser. Auch nicht die Gegebenheit, das sie neben dem größten Waschweib wohnten, das ich je in meinem bisherigen Leben kennen gelernt hatte.
Das ganze Haus kannte sie unter dem Namen DIE NEBELKRÄHE. Richtig hieß sie natürlich anders. Frau Kramer, die den ganzen Tag nichts Besseres zu tun hatte, als jeden über ihre unmöglichen

Nachbarn aufzuklären und an einem Pessimistensyndrom zu leiden schien. Irgendwie schaffte sie es nicht die Dinge von der Guten Seite zu sehen. Sie war ein Mensch, für den das Glas immer halb leer zu sein schien. Obwohl ich bezweifelte, sie selbst würde ernsthaft darunter leiden, durften die anderen, die auf der Etage hausten, sie ertragen.
Dann war da noch "DAS PHANTOM".
Diesen Namen hatten Kerstin und ich ihm gegeben. Der Mann hieß eigentlich Thomas Meier. Bis dato hatte ich ihn allerdings noch nicht zu Gesicht bekommen und wahrscheinlich auch sonst niemand auf der Etage, der nicht zufällig bei seinem Einzug anwesend war. Von ihm wusste man nur wie er hieß. Dass er hier wohnte, ließ sich nur an dem Schild an seiner Klingel und der sehr unregelmäßigen Leerung seines Briefkastens feststellen.
"Irgendwie unheimlich, meinst du nicht auch?", fragte mich Kerstin kichernd.
"Vielleicht ist er ein Vampir der nur in der Nacht herauskommt, um sich ein Opfer zu suchen?", mutmaßte sie scherzhaft.
"Es gibt keine Vampire. Aber wer weiß warum er sich versteckt?", stachelte ich sie damals auf. Letzten Endes kamen

wir zu der Überzeugung, Herr Meier, was immer er auch im Schilde führte, glich dem Phantom der Oper.

Meine neue Freundin, die Einzige übrigens auf meiner Etage mit der ich richtig Kontakt hatte, reihte sich in die Aufzählung ein. Ingrid Rosner, die den Tod ihres Mannes nie wirklich überwunden hatte und die Tatsache, ihrer Verwandtschaft scheiß egal zu sein, es sei denn, sie schickte Geld zu besonderen Anlässen, völlig verdrängte.

Das Rentnerpaar mit Hörgerätsphobie und einem extremen Hang zu uralten Schwarz-Weißschinken, welches sich strikt weigerten in einer Zeit nach 1956 zu leben;

die WG, in der größten Wohnung dieser Etage, mit Äugi der "blöden Schlampe". Zum Teil war dieser Titel sicherlich berechtigt, wenn man sich die wechselnden Begleitungen betrachtete, die sie nach Hause trugen. Sofern sie noch in der Lage war ihnen die Adresse zu verraten, weil zu viele Bars in dieser Stadt waren. Kalle, der sein Stottern mit einsilbigen Antworten wie "Sau", "Hm!", oder "Jo!" und "Nö!" zu verschleiern versuchte und einem irgendwie Angst einjagen konnte, wenn er wieder mal, völlig ohne auf irgendetwas zu reagieren, minutenlang auf dem Flur stand und auf den Teppich starrte; was er vorzugsweise Nachts tat.

Schnüffler, der eigentlich Roland hieß und diesen Spitznamen wohl entweder seiner gescheiterten Karriere als Polizist zu verdanken hatte, oder der Tatsache, seine Nase in fremde Angelegenheiten zu stecken. Sofern sie etwas mit "Geilen Schnitten" zu tun hatten. Wenn ich jemals über meine Pfunde froh war, dann als ich in dieses Haus zog. Nach einem kurzen "Du bist also die neue Mieterin? Na dann viel Spaß hier", hatte ich weitgehend meine Ruhe vor ihm. Ich war halt keine dieser Frauen, die seinen Blick fesselten. Manchmal war es doch gut kein Kleiderständer zu sein. Nachdem somit auf der vierten Etage keine weiblichen Exemplare wohnten, die seiner Ansicht nach "die Jagd wert" waren, lebte er mehr im Parterre, wo zumindest zwei junge Singlefrauen wohnten und pendelte zwischen zweitem und drittem Stock der Anlage, wo mehrere "Schnitten" zu finden waren.

Um die Aufzählung komplett zu machen, wohnte auch ich noch in der Vierten. Getaufte Katherina Sophie, geborene Berger. Mit Mittlerer Reife, aber ohne Ausbildung, die sich als Hilfsarbeiterin in

einer Modeschmuckfabrik mit dem Durchbohren von Plastikperlen ihren Lebensunterhalt verdiente. Und die.....
Nein darüber wollte ich jetzt wirklich nicht nachdenken. An diesem Punkt meines Lebens würde ich mich nicht selbst analysieren. Das hatte Zeit bis ich alt und runzlig in meinem Schaukelstuhl saß. Im Ergebnis also auch nicht ganz normal und der Gesellschaft dieser Etage würdig.
Und natürlich Ratte, den ich bei meiner Nachbarschaftsbilanz fast vergessen hatte.
Wie konnte man Ratte beschreiben? Gar nicht, denn ich wusste nichts von ihm. Jetzt erst fiel mir auf, dass ich ihn nicht mehr gesehen hatte seit er mir beinahe, unbeabsichtigt und von ihm selbst unbemerkt natürlich, ein neues Gesicht verpasst hätte. Außer, dass er der normalste der WG zu sein schien und für meine Begriffe ziemlich attraktiv war, konnte ich nichts über ihn meiner geistige Auflistung zufügen.

Kapitel 6

Adrenalin

Es war dunkel und nass in seinem Versteck, pausenlos musste er an Sie denken. Er hatte sich tatsächlich in sie verliebt. Dieses Eingeständnis sich selbst gegenüber quälte ihn. Sich zu verlieben war nicht, was er brauchen konnte. Nicht in diese Frau. Nicht jetzt, zu diesem Zeitpunkt.
Schlechtes Timing. Konzentriere dich, dachte er. Der Job musste erledigt werden und Gedanken an eine Frau lenkten ihn nur vom Wesentlichen ab. Er wusste, wie falsch es war, was er tat. Einbruch war eine Straftat. So einfach war das. Wenn er erwischt würde, käme er hinter   Gitter.
Aber was tat man nicht alles, um die Miete bezahlen zu können. Die Deckung zumindest war perfekt. Niemand wusste wer er war, wo er war und vor allem, womit er sein Leben finanzierte. Lächelnd korrigierte er sich in Gedanken. Nicht viele Menschen wussten es. Seine Auftraggeber natürlich schon. Manchmal

musste er eine Rolle spielen, unverdäch-
tig bleiben. Einen geheimen Auftrag zu
haben und die Deckung nicht zu verlieren, war nicht immer einfach.
Noch ein paar Minuten, dann würde der
Mann das Zielobjekt verlassen, und er
konnte sich in Ruhe dort umsehen. Vielleicht fand er auch, wonach er suchte.
Tatsächlich kam nach einigen Minuten
ein Mann aus dem Haus. In einen dunklen Mantel gehüllt schritt er flott über
die Strasse, um kurz darauf in dem
Blumenladen an der Ecke, der "Die Grüne Oase" hieß, zu verschwinden.
Marcell wartete, bis er wieder auftauchte. Mit zwei dunkelroten Rosen in der
linken Hand bog er um die Ecke. Ein wö-
chentliches Ritual, das Marcell bereits im
Vorfeld erkundet hatte. Der Beobachtete
würde, wie jeden Freitag, in der Gröne-
berger Strasse in die S-Bahn steigen,
zum Westfriedhof fahren, zwei verschiedene Gräber besuchen und was am
Wichtigsten war, nicht vor einer Stunde
wieder zurückkommen. Der Spion
schlich sich über den kleinen, auf der
Rückseite des Hauses angelegten, Garten ein. Die hohen Hecken um das ge-
pflegte Grundstück ergaben einen nahe-
zu perfekten Sichtschutz. Er konnte sich
in Ruhe einen geeigneten Einstieg su-

chen. Er fand die Fenster verschlossen vor und auch an der Terrassentür hatte er kein Glück. Kurz überlegte er, ob er nicht doch eines der Fenster einschlagen sollte, verwarf den Gedanken aber wieder. Spuren zu hinterlassen lag nicht in seiner Absicht. Plötzlich fiel ihm der Kellerschacht ins Auge, der fast unsichtbar halb unter der wild wuchernden Ligusterhecke verschwand. Er hob das Gitter an und tatsächlich, das Fensterchen war nicht nur groß genug, um ihn durchzulassen, es war auch noch dazu offen. Katzengleich schwang sich der Eindringlich hinunter und gelangte in den Keller. Noch eine Treppe hoch und - ja, Volltreffer!

Auch die Tür, die den Keller mit der Wohnung verband, war nicht abgeschlossen. Marcell stand mitten in der Diele. Er schüttelte den Kopf über die Leichtsinnigkeit der Menschen, die es ihm immer wieder so einfach machten und streifte die ledernen Handschuhe über. Vorsichtig durchsuchte er die Wohnung, wohl bedacht alles so zu hinterlassen, wie er es vorgefunden hatte. Nach einer knappen halben Stunde hielt er in Händen, weswegen er gekommen war. Er steckte das Gut in einen herumliegenden Umschlag und schob ihn sich in die Innentasche seiner Jacke. Auf dem gleichen Weg, auf dem er das Haus betreten hatte, verließ er es wieder. Ohne Spuren, ohne aufzufallen. Wie ein Schatten, der es verstand zu verschwinden sobald Licht auf ihn fiel, huschte er auf die Straße und schlenderte den Bürgersteig entlang, als hätte er nichts anderes gemacht. Obwohl es ihm verhasst war in Wohnungen fremder Menschen einzudringen, war es ein gewisser Nervenkitzel, der ihm fehlen würde, sobald er es einstellte. Das Adrenalin rauschte noch in seinen Adern, als er das Haus schon nicht mehr sah. Bald würde dieser Mann Post bekommen und sein Auftraggeber eine Antwort, die schon viel zu lange auf sich hatte warten lassen.

Ingrid hatte jetzt Gewissheit.
Vor ein paar Tagen war ein Brief aus der Detektei Wagner & Sohn bei ihr angekommen.
Ein ziemlich dicker, brauner Umschlag dessen Inhalt ihr Herz etwas schneller hatte schlagen lassen. Sie konnte es kaum fassen. Nach all dieser Zeit des Bangens und Hoffens hatte sich ein Teil ihrer Wünsche erfüllt. Schnell packte sie alles wieder zusammen. Sie hatte noch

so viel zu erledigen, jetzt endlich konnte sie handeln. Es war dringend erforderlich zwei wichtige Briefe zu verfassen, die in der momentanen Lage der Dinge keinen weiteren Aufschub mehr duldeten.

Kapitel 7

Rote Rosen

Paul Solinger hatte mich in einem Café in der Stadt, dem "Wild Cat", angesprochen, indem er meinte, mein Mann wäre ein Vollidiot, well er eine Schönheit wie mich alleine in der Stadt herum laufen ließe. Das war wohl einer der dümmsten Anmachsprüche, den ich je gehört hatte. Nicht, dass ich sehr viel Erfahrung mit Anmachsprüchen gehabt hätte, aber das hier, war ein extrem platter Versuch, den sogar ich als solchen erkennen konnte. Natürlich konterte ich.
"Wenn ich einen Vollidioten als Mann habe, dann nur weil ich einen haben will." Im Nachhinein kam mir die Antwort ziemlich blöd vor. Innerlich biss ich mir auf die Lippen und schämte mich, in so ein Niveau gefallen zu sein. Konnte ich das Kompliment über meine angebliche Schönheit nicht einfach so stehen lassen?
Egal, dachte ich. Ob nun ernst gemeint, oder nicht, ich wollte mich nicht mit so einer Idiotischen Anmache in ein Ge-

spräch verwickeln lassen.

"Nicht nur unsagbar schön, auch noch schlagfertig dazu. Ich würde behaupten, dies zeugt von Intelligenz, My Lady." Ein breites Grinsen zog sich über das Gesicht des jungen Mannes. Was dachte der sich eigentlich wer er ist? Wollte der Typ mich verarschen? Gut ich war nicht hässlich, hatte keine Invasion von Pickeln in meinem Gesicht, lange Haare und nach Meinung meiner Besten Freundin Kerstin, ausdrucksvolle Augen und ein süßes Lächeln. Aber unsagbar schön?

Bestimmt nicht mit diesen Kilos auf den Hüften. Und wie intelligent war man, wenn man mit Realschulabschluss einen Hilfsarbeiterjob, ohne jegliche Aussichten auf Erfolg hatte?

"Lass es einfach", sagte ich. "Geh wohin du willst, aber lass es." Er ging wohin er wollte, oder besser gesagt, er setzte sich wohin er wollte und zwar genau auf den Platz mir gegenüber - und er ließ es nicht. Kurz überlegte ich, ob ich einfach aufstehen und gehen sollte, entschloss mich aber doch zu bleiben. Eine boshafte Seite in mir hatte sich gemeldet und mir in den Kopf gesetzt, wie lustig dieses Spiel werden konnte. Mit Sicherheit kann man mich nicht als Männer vernichtendes Monster beschreiben, allerdings kenne ich keine Frau die nicht spielt, wenn sich die Gelegenheit dazu bietet.

Bis heute weiß ich nicht wann dieses Gespräch, das wir anschließend führten, eine seriöse Basis bekam und ich letzten Endes seine Telefonnummer in meiner Jackentasche verstaute. Ich hatte ihm versprochen mich zu melden. Als ich aus dem Café trat, war ich mir sicher dieses Versprechen nicht einzulösen. Eine Beziehung aufzubauen, auf die es offensichtlich hinauslaufen würde, lag nicht in meiner Absicht. Ein paar Tage später spielte ich mit dem Gedanken mich doch bei ihm zu melden. Es musste nichts Ernsthaftes werden, redete ich mir ein. Eine Freundschaft, nichts weiter.

Es musste sich bei meiner Reaktion wohl um eine Art Naturgesetz handeln. Mach einem übergewichtigen Mädchen ein paar Komplimente, gib ihr dann deine Telefonnummer und wenn du nicht vollkommen zu den Versagern dieser Welt gehörst, wird sie dich anrufen. Ich ärgerte mich über meine eigene Entscheidung, mich mit Paul verabredet zu haben. Erst nach dem Treffen mit ihm tat es mir nicht mehr leid, ihn kennen gelernt zu haben. Die Tage vergingen und wir sahen uns mal zum Essen, gingen in den Zoo, oder trafen uns, um ins Kino zu gehen. Er war Gentleman und half mir aus der Jacke, hielt mir die Tür auf und lies es sich, auch trotz meines anfänglichen Protestes, nicht nehmen unsere Unternehmungen zu bezahlen. Die dumme Anmache war vergessen und wir verstanden uns prima. Paul war nicht aufdringlich, aber auch nicht zurückhaltend, oder gar schüchtern. Alles geschah, als stünde es in einem Drehbuch zu einem Liebesroman und wir küssten und das erste Mal richtig nach einer Woche. Es stellte sich heraus, dass er nicht halb so idiotisch war wie es der erste Anschein hatte vermuten lassen.

Acht Tage nach unserem ersten Date bekam ich einen Strauss mit Orchideen von Fleurop zugestellt. Eine Karte war an der Zellophanverpackung angeheftet, bei der mich beinahe der Schlag getroffen hätte.

"Ich liebe dich schon eine ganze Woche lang."

Hätte ich diesen Gruß ein paar Wochen später bekommen, hätte ich mich zweifelsohne sehr darüber gefreut. In diesem Stadium unserer Beziehung löste er eher Panik aus.

Natürlich gefielen mir die Blumen und die Worte schmeichelten mir, aber ich fand es etwas übertrieben nach einer Woche schon von Liebe zu reden und andererseits volle sieben Tage zu brauchen, bis ein Zungenkuss zustande kam. Insgeheim musste ich über meine eigene verquere Einstellung lächeln. Was erwartete ich denn von dem Mann meiner Träume? Natürlich sollte er sich in mich verlieben und das so schnell und innig wie möglich. Meine eigenen Gefühle für ihn machten mich traurig. Ich selbst konnte nicht wirklich von Liebe sprechen. Paul war sympathisch, ich mochte sein Rasierwasser und er konnte gut küssen. Zumindest soweit ich das beurteilen konnte.

Nach vier Wochen lud er mich zu sich nach Hause ein. An diesem Abend wollte er kochen und ich sollte die Nacht über bei ihm bleiben.

"Darüber müssen wir noch reden", warf ich ein.

"Worüber willst du noch reden?", fragte er. "Du wirst doch nicht glauben, dass ich dich angeheitert in stockdunkler Nacht mit der S-Bahn nach Hause fahren lasse?" Herausfordernd blickte er mich an.

"Wieso?", fragte ich neckisch, "was würde mir denn passieren, was mir bei dir nicht auch passieren könnte?" Ich wollte ihn aus der Reserve locken.
"Das möchte ich mir gar nicht ausmalen", erwiderte er sehr ernst und sah mir dabei tief in die Augen.

Kerstin und ich teilten uns an diesem Wochenende eine Pizza und eine allgemeine Meinung, als wir über die Macken der Männer diskutierten. Das machten wir oft, denn wir waren beste Freundinnen. Auch sie hatte das furchtbare Glück in der Fabrik zu landen. Vielleicht waren wir auch beste Freundinnen, weil wir teilten. Vor allem die Meinung über die Männer, im "Groben Ganzen". Wir waren gerade an der Stelle angekommen, wo wir uns über die Nachteile der Steh-Pinkler ausgiebig ausließen, als es an der Tür klopfte. Es war Ingrid, die mir einen kleinen Besuch abstatten wollte, um bei einer Tasse Tee ein bisschen zu klönen.

Mittlerweile war ich selbst zum Teetrinker geworden und hatte eine gute Auswahl davon in meinem Küchenschrank. Außer morgens, da brauchte ich meinen Kaffee. Als sie Kerstin bemerkte, wollte sie wieder gehen.

Kerstin und ich bestanden darauf, sie solle bleiben und entgegen ihrer eigenen Meinung störte sie uns keineswegs. Viel mehr ergänzte sie die Runde, denn auch sie hatte ihre Geschichten mit den Männern erlebt, wenn auch eher durch ihre Tochter Rosa, die oft an üble Typen geraten war, bis sie ihren hochanständigen Jürgen, den perfekten Ehemann und Schwiegersohn ergattert hatte. Der Beschreibung Ingrids zu Folge war er ein Bild von einem Mann.

Wir sprachen über "Gute und Schlechte Jungs" und diskutierten über den richtigen Zeitpunkt mit einem Mann eine, wie Ingrid es nannte, "tiefer gehende Bindung" einzugehen. Das war mein Stichwort. Es wurde höchste Zeit, mir von meinen Freundinnen Rat zu holen.

"Was meint ihr dazu?", fragte ich die Beiden, nachdem ich von Paul im Allgemeinen und spezifisch von seiner Einladung erzählt hatte.

"Du dumme Kuh!", schalt mich Kerstin und schubste mich scherzhaft an der Schulter. "Warum erzählst du uns das erst jetzt? Vier lange Wochen läufst du mit einem Typen quer durch die Stadt und wir wissen nichts davon."

"Na ja, ich wusste nicht, ob es was wird", verteidigte ich mich.

"Vier Wochen sind keine lange Zeit. Herzchen du kennst ihn doch noch gar nicht richtig", bedachte Ingrid. Ich fand es amüsant, zwei komplett verschiedene Einstellungen aufeinander prallen zu sehen.

"Deshalb bespreche ich es auch mit

Euch. Ich möchte mich zu einem Teil ein bisschen absichern, versteht ihr?"

"Klar doch!", versicherte mir Kerstin und Ingrid schüttelte den Kopf.

Wir diskutierten an diesem Abend noch einige Stunden über das Für und Wider und gingen mit dem Beschluss auseinander, Kerstin die Adresse per SMS zu schicken.

Natürlich musste ich mich melden, sobald ich in seiner Wohnung war.

Und dann noch einmal nach einer Stunde.

Und natürlich, wenn sonst irgendetwas geschehen würde.

Und, wenn ich ins Bett ginge, wenn ich aufgestanden war, wenn ich wüsste, wann ich zu hause ankommen würde, wenn ich von dort losginge und natürlich auch noch einmal, wenn ich dann – endlich, auch tatsächlich in meiner Wohnung angekommen war. Nach diesem Beschluss war ich mir nicht mehr ganz sicher, ob es zu meiner Sicherheit, oder zur Befriedigung ihrer Neugier war. Ich musste lachen, über die Meldepflicht jeden Schrittes, den ich in Pauls Nähe machen würde.

Eine übertriebene Absicherung, die sich als überflüssig herausstellte. Der Abend verlief vollkommen ohne unerwünschte

Vorkommnisse. Paul hatte gekocht, und ich hatte meine liebe Mühe damit, mich immer wieder an den Telefonplan zu halten und unbemerkt regelmäßig Kontakt mit Kerstin zu halten. Paul musste mich fast schon zwangsläufig für eine Frau mit Blasenschwäche halten, weil ich jede volle Stunde zur Toilette ging, um, wie ich hoffte, unbemerkt SMS zu schreiben.

Es gab Barschfilet mit Spargelspitzen und einer weißen Soße auf einem Wildreisbett von einem trockenen Blanche begleitet. Ich hatte noch nie vorher Barsch gegessen und er war lecker. Mit Spargel würde ich mich allerdings die nächsten hundert Jahre nicht anfreunden können. Den Rest des Abends verbrachten wir aneinandergekuschelt auf der riesigen Wohnlandschaft, die er sich erst kürzlich geleistet hatte. Seine ganze Wohnung war gigantisch groß. Die weiten Räume waren offensichtlich sehr teuer eingerichtet worden. Leichte Stoffe lagen scheinbar schwebend um die deckenhohen Fenster dekoriert und ließen tagsüber viel Licht in den Raum.

Als es Zeit wurde ins Bett zu gehen, nahm er mich an der Hand und führte mich in sein Schlafzimmer. Ein ungutes Gefühl beschlich mich und ich fragte mich, was er jetzt von mir erwarten würde. Wäre das die Nacht, in der es passieren würde?

"Ich schlafe auf der Couch. Wenn du was brauchst musst du nur rufen", sagte er und nahm mir damit die Angst und gleichzeitig die Hoffnung, es könnte sich noch mehr in dieser Nacht ereignen.

"Okay", antwortete ich und setzte mich auf das breite Futonbett. Meinen verwirrten Blick ignorierte er. Wir wünschten uns noch eine gute Nacht und Paul zog die Schlafzimmertür zu, ohne sie ganz zu schließen. Bis auf einen kurzen Blick, den er ins Schlafzimmer warf, ob ich schon schlief, passierte nichts.

Ein richtiger Gentleman eben. Nicht so wie die Typen denen ich sonst begegnet war. Geweckt wurde ich mit einem Frühstück im Bett. Mit einem breiten Grinsen balancierte Paul ein wuchtiges Tablett durch die Tür.

Orangensaft und Kaffee, Brötchen, Croissants, Marmelade, Butter, Schinken und Käse waren wundervoll angerichtet.

"Warte, ich habe noch was vergessen", sagte er und stürmte aus dem Zimmer, um kurz darauf mit einer hohen, langhalsigen Vase zurück zu kommen.

Ein Schauer lief mir über den Rücken, als ich sie sah.

In der Vase steckte eine rote Rose, deren Anblick mir das Blut in den Adern gefrieren ließ.

"Ich hatte Angst, ich würde sie auf dem Tablett umwerfen", erklärte er munter, bevor er die Veränderung in meinem Gesicht bemerkte. Es war nicht irgendeine Rote Rose und genau genommen war sie auch nicht richtig rot, sondern fast schon schwarz.

Ein Bordeauxrot von solcher Schwärze, hatte ich bisher nur einem einzigen Ort gesehen. Auf dem Grab meiner Mutter. Das konnte nicht sein, es durfte nicht sein. Es war ein Zufall. Ein dummer, dummer Zufall. Flammen züngelten durch ein Bild in meinem Kopf. Brennende Rosen mit schwarzen Rändern.

"Ist was nicht in Ordnung? Geht es dir nicht gut?" Die Besorgnis in Pauls Stimme holte mich zurück in die Realität und machte mir gleichzeitig bewusst, dass mein Gesicht eine aschfahle Farbe angenommen hatte.

"Nein!" Die Antwort kam so laut, dass man es beinahe als Schrei werten konnte. "Nein. Es ist alles OK", versicherte ich dann in normalem Tonfall. "Ich denke, ich habe den Rotwein gestern nicht ganz vertragen", log ich ihn an, um ein bisschen Zeit zu gewinnen.

"Ich hole dir ein Glas Wasser, du wirst sehen, das hilft." Lächelnd stand er auf und verließ den Raum. Als er aus der Tür war, versuchte ich mich wieder in den Griff zu bekommen.
Warum machte mich diese Rose so fertig? War er derjenige, der die Rosen auf das Grab meiner Mutter legte? Was hatte er mit ihr zu tun? Oder machte ich mich hier wegen nichts verrückt?
Es war eine Blume, sonst nichts. Ich hatte schon tausend Rosen gesehen. Diese hatte nur zufällig die gleiche Farbe, wie die auf dem Friedhof. In meinem Innersten wusste ich, es war nicht die Rose an sich, sondern die Farbe, die ich in meinem Gehirn mit Feuer und Tod verband. Was vor mir verborgen blieb, war die Antwort auf das WARUM.
Er war bestimmt nicht derjenige der am Grab meiner Mutter..., oder doch?
Und was, wenn ja? Und warum? Und was war mit mir? Ich holte tief Luft, um diese Spirale hinter meiner Stirn zu unterbrechen.
Als Paul wieder mit einem Glas Wasser auftauchte, hatte ich die Gedanken verdrängt. Die Gefühle, die mich sonst nur auf dem Friedhof überfielen, wieder verpackt und tief in meiner Seele vergraben. Es war Zufall. Bestimmt. "Bist du

sicher, dass dir sonst nichts fehlt?",
wollte er von mir wissen.
"Ganz sicher", bestätigte ich.

Kapitel 8

Vergangene Romanze

Der Mann im dunklen Mantel stand am Grab seiner Frau Isolde und hatte seinen schwarzen Hut tief ins Gesicht gezogen. Nach fast zwei Jahren Kampf mit dem Krebs, der in ihren Eingeweiden getobt hatte, wurde sie schließlich von ihren Schmerzen erlöst. Die letzte Stunde endete mit einem gnädigen Tod. Sie war einfach eingeschlafen. Nur ungern erinnerte er sich an die ständigen Bitten seiner geliebten Frau, sie sterben zu lassen. Ihr Leid zu beenden, indem er ihr mehr Morphium geben sollte, als ihr Körper verkraften konnte.

Das letzte halbe Jahr ihres Siechtums war für ihn die Hölle gewesen.

"Versprich mir, dass du dich wieder verliebst und heiratest", hatte sie schon gefordert, als sie noch nicht ans Bett gefesselt war. "Suche dir wieder eine Frau, wenn ich einmal nicht mehr bin."

Und trotzdem hatte er ein schlechtes Gewissen gehabt, als er die hübsche und junge Mia bei einem Spaziergang durch die Straßen angesprochen hatte.

Ihr unschuldiger Liebreiz hatte ihn vom ersten Moment an gefangen. Schüchtern hatte sie zu Boden geblickt und nicht gewusst, was sie erwidern sollte. Ein wunderbares Geschöpf, dessen Reizen er erlegen war. Sein Herz schlug für sie, die voller Lebensfreude vor ihm stand und so verliebt er sich.
Es wurde schlimmer, je öfter er sie gesehen hatte und er schob die Beichte gegenüber seiner Frau immer weiter hinaus.
Mal mit der Begründung, er wolle warten weil es ihr an diesem Tag nicht gut ginge und er sie nicht auch noch mit seinem Fehltritt seelisch belasten wollte. Ein anderes Mal, weil es ihr gerade gut ging und er ihr dieses bisschen Lebensfreude, welches sie an diesen Tagen erfüllte, nicht trüben wollte. Es war eine unendlich schwere Last die auf ihn niederdrückte. Selbstvorwürfe über Untreue und Verrat fraßen sich in seine Seele. Die wachsende Liebe, die er für die junge Mia empfand und ihre Erwiderung, ein kurzzeitiger Trost.
Die beiden Frauen waren sich so ähnlich, ihre Art, die Augen, die gleichen Vorlieben. Als wäre die Eine der Anderen Abbild. So verging die Zeit und es kam ein Tag, den er nie würde vergessen

können, so lange er lebte.
Am Krankenbett seiner Frau sitzend hielt sie seine Hand.
Der Schmerz, der sich in ihrem Gesicht abzeichnete, tat ihm in der Seele weh und es mit ansehen zu müssen, zerriss ihm fast das Herz.
"Ich vergebe Dir", sagte sie zu ihm und er wusste was sie damit meinte. Schon lange hatte sie bemerkt, dass es jemanden in seinem Leben geben musste, der ihm die Kraft schenkte, die er bei ihr verlor. Es machte sie glücklich zu wissen, ihn nicht vollkommen alleine in dieser Welt zurücklassen zu müssen. Tränen liefen ihm über seine Wangen und er vergrub seinen Kopf in ihren Laken, während sie ihm sanft über die Haare strich. Seine totkranke Frau tröstete ihn, weil er sie betrogen hatte. Das Schicksal hatte es nicht gut mit ihm gemeint, denn er hatte kurz nach dem Tod seiner Frau auch seine zweite Liebe verloren. Seit diesem Tag war er nicht mehr der Selbe gewesen, hatte sich verändert.
Dies war vor langer Zeit geschehen und doch konnte er eine Träne nicht unterdrücken. Sie fiel von seinem Gesicht auf die Rose im Schnee, die er vor wenigen Augenblicken erst dort abgelegt hatte.
Bordeauxrot, so dunkel, dass sie

schwarze Ränder an den Blütenblättern trug. Sie hatten diese Blumen geliebt. Beide.

In seinen Gedanken gefangen, entging ihm der junge Mann, der über den Friedhof von Grab zu Grab wanderte und die Steine zu begutachten schien.

Die Träne sah aus, als wäre ein Blutstropfen aus dem Blütenblatt getreten. Die kräftige Farbe schien durch den Wassertropfen und fing Wolfgangs Blick für einen Moment. Als er gefror, war Wolfgang bereits gegangen.

Marcell stand auf dem Westfriedhof. Es war kalt und leichte, luftige Schneeflocken fielen jetzt malerisch auf die Gräber. Er ging langsam durch die Reihen und besah sich jeden Stein einzeln. Zum einen tat er es, weil ihm die Verzierungen gefielen, zum anderen wollte er selbst nicht auffallen. Vor allem wollte er nicht, das auffiel, dass er etwas suchte. Auch, wenn er selbst noch nicht genau wusste was es war. Er würde es erkennen, wenn er es sah. So wie er es immer erkannte. Es ist, wie einen Einkaufszettel zu schreiben. Egal, wie viele Dinge man notiert, an Manches erinnert man sich erst, wenn man es sieht. Nach einigen Grabreihen entdeckte er es.

Das, was er auf seinem Zettel im Kopf nicht notiert hatte und doch so dringend brauchte. Schon von Weitem hatte er die kräftige dunkle Farbe der Rose auf dem strahlend weißen Schneebett entdeckt, welches sich friedlich über das Grab einer Frau breitete. Trotzdem wurden seine Schritte nicht schneller. Er schlenderte wie gewohnt von einem Grab zum nächsten. Er musste sich Zeit lassen, denn der Mann in dem dunklen Mantel, stand vor dem Grab, welches er im Visier hatte.
Er hatte gefunden, was er gesucht hatte. Diesmal nicht im Auftrag, sondern aus rein privatem Interesse. Was er bereits beruflich erkundet hatte, wollte er sich selbst noch einmal genauer betrachten. Als Marcell das Grab erreichte, hatte der Mann den Friedhof bereits verlassen. Dieser Stein hatte es Marcell besonders angetan, dennoch verweilte er nicht länger als bei allen anderen. Es waren noch zu viele Leute auf dem Friedhof und er war der Mensch, der sich die Gräber ansah, so wie viele Menschen es tun, wenn sie auf einem Friedhof sind. Schritt für Schritt kam er die ganze Anlage ab, um schließlich in einem abgelegenen Teil mit wuchtigen, beinahe protzigen Gedenksteinen, eine

weitere Rose zu entdecken. Das Grabmal stach alleine wegen seiner Schlichtheit aus dem umliegenden Prunk hervor.
"Das sind die schönsten", erklang hinter ihm die Stimme einer alten Frau.
"Ja, das sind sie", pflichtete er der Unbekannten bei.
"Ich sehe sie mir auch immer an, wenn ich auf dem Friedhof bin." Sie lächelte ihn aus ihrem faltigen Gesicht freundlich an. "Aber das da", sie deutete auf das Grab, vor dem er stand, "passt einfach nicht zu den anderen. Wahrscheinlich ist den feinen Leuten damals das Geld ausgegangen, um sie anständig unter die Erde zu bringen."
"Wahrscheinlich", erwiderte Marcell und lächelte zurück. Sie verabschiedete sich nicht und ging einfach von ihm weg.
Eine Verbannte ihrer eigenen Familie, geächtet, weil sie unerwünschtes Leben in die Welt gesetzt hatte, dachte er, als sein Blick wieder auf den Grabstein fiel. Nicht nur im Leben, auch im Tod nicht mit den Ihren vereint.
Sieh einer an, des Rätsels Lösung gemeißelt in Stein.
So viele einzelne Puzzelteile waren ihm in den letzten Wochen unter die Augen gekommen. In mühsamer Arbeit hatte er sie zusammengefügt und bis auf das

Letzte alle gefunden. Jetzt fehlte ihm nur noch ein Einziges. Ein kleines Teilchen, um das gesamte Bild sehen zu können.
Den Text betrachtend, der aus golden gefärbten Lettern bestand, und die Schlichtheit des Steines selbst zu verhöhnen schien, dachte er nach.
Marcell konnte sich nicht vorstellen, wie sehr man jemanden hassen musste, um ihn sogar noch im Tod bestrafen zu wollen.

**Hier ruht
Maria Sophie Kroner**

**Möge der Herr im Himmel
ihrer Armen Seele gnädig sein**

Er würde jetzt einer bestimmten Person einen Besuch abstatten. Sie würde einiges zu erklären haben. Die ganze Sache war wie Mosaik das sich mit jedem Teil erweiterte. Man konnte das Gefühl bekommen alles zu haben was nötig war und doch das Bild nicht zusammenfügen zu können.

Kapitel 9

Dr. Meierhofer

Dr. Meierhofer war ein älterer Herr, der seinen Nachfolger gerne unter die Arme griff. Die allgemeinmedizinische Praxis in der Kufner Strasse war lange Zeit wie ein zweites Zuhause für ihn und nur selten betrat ein Patient den Warteraum, den er nicht kannte. Insbesondere Hausbesuche bei älteren Herrschaften, die er selbst schon seit Jahren betreute, wurden von ihm gerne übernommen. Dabei nahm er sich Zeit für seine Patienten und gab sich gerne für einen Plausch bei einer Tasse Tee her.

"Mein lieber Sohn", pflegte er immer dann zu sagen, wenn die Hektik in der Praxis Meierhofer seines Erachtens etwas überhand nahm. "das Leben und der Tod gehen Hand in Hand und die Zeit, die wir uns für das Leben stehlen müssen, wird uns im Tod geschenkt. Wenn du mit vierzig einen Herzinfarkt hast, hast du auch Zeit."

"Papa, ich weiß das du gegen eine Fließbandabfertigung bist, wenn es um DEINE Patienten geht und du kannst mir

glauben, MIR - gefällt es genauso wenig. Trotzdem müssen wir versuchen. alle so schnell wie möglich zu behandeln. Schließlich können wir die Patienten nicht im Wartezimmer stapeln."
"Früher war das anders", fing der Alte wieder an.
"Ja Papa, ich weiß. Früher waren aber auch drei Ärzte in unserem Viertel und nicht nur einer, das Viertel war nur halb so groß und mit halb so vielen Leuten wie heute."
Diese Diskussion verlor der alternde Arzt regelmäßig, dennoch ließ er es sich nicht nehmen, ein mürrisches "Und du sorgst jetzt dafür das es bald gar keinen Doktor mehr gibt", hinterher zu schieben, bevor er die Praxis verlies. Dr. Meierhofer Senior verstand den Standpunkt seines Sohnes sehr gut, machte sich aber Sorgen um dessen eigene Gesundheit. Die heutige Zeit war zu schnelllebig. Immer mehr Leistung auf immer kürzere Zeit erbringen zu müssen, hatte ihn selbst schon aus dem Takt geworfen. Auch heute hatte er dieses Gespräch geführt und war anschließend auf Besuchstour gegangen.
Einmal im Monat nahm er die Strapazen auf sich und bestieg den vierten Stock eines grauen Stadtbaus, um einem et-

was schwerhörigen Rentnerpaar über die strikte Verweigerung der Benutzung von Hörgeräten die Leviten zu lesen. Schließlich konnte man schon hören welches Programm die beiden eingeschaltet hatten, bevor man überhaupt auf der Etage war. Nicht wirklich angenehm für die, die es ständig ertragen mussten.

"... und wenn es nur aus Rücksichtnahme auf die anderen Mieter geschieht, wenn sie es schon nicht für sich selbst machen wollen", versuchte er sein Glück.

"Bis jetzt hat sich noch niemand beschwert", konterte der alte Mann regelmäßig, ließ seinen Blick wieder auf den Bildschirm gleiten und war daraufhin regelmäßig beleidigt. Seine Frau begleitete den Arzt dann zur Tür, entschuldigte sich für das Benehmen ihres Gatten und wünschte ihm einen schönen Tag. Anschließend würde er von Frau Krämer notgedrungen die neuesten Neuigkeiten zu hören bekommen. Er hatte schon einige Male versucht unbemerkt an ihrer Wohnung vorbei zu schleichen. Bisher war ihm das aber erst einmal gelungen. Wären alle Wachhunde so aufmerksam wie diese Frau, es gäbe wohl in der gesamten Stadt nie wieder auch nur einen

einzigen Einbruch. Wenn er den Überfall des alten Waschweibes überlebt hätte, ginge er noch zu Frau Rosner.
Er mochte die nette Dame besonders gerne und ließ sich deshalb die rituelle Tasse Tee mit ihr nicht nehmen. Meist hatte er die Post für Frau Rosner in seinem Koffer, die oftmals nur im Briefschlitz steckte und nicht richtig eingeworfen war. Er verstand nicht, was die schmerzgeplagte Rentnerin in dieser Wohnung hielt. Die vielen Treppen zur vierten Etage waren schon für Leute um die fünfzig eine Zumutung, aber in diesem Alter und mit Arthritis? Sämtliche Versuche - und es hatte unzählige davon gegeben - sie zu einer Seniorengemeinschaft in einer Parterrewohnung zu überreden, wie es sie neuerdings öfter gab, liefen ins Leere.
Nur gut für die alte Frau, ein so nettes, junges Mädchen in ihrer Etage zu haben, das sie mit Lebensmitteln versorgte und ihr die Post mit nach oben nahm. Jens Meierhofer versuchte sich an den Namen der jungen Frau zu erinnern, kam aber nicht darauf. Nun, er würde Frau Rosner fragen. Vorausgesetzt, er dachte dann noch daran. Auch an ihm ging das Alter nicht spurlos vorüber und so musste er immer wieder feststellen,

wie schnell er Sachen vergaß.
Das Rentnerpaar war nicht zu Hause, was er an dem fehlenden Lärmpegel vor der Wohnungstür bereits bemerkte. Auch wenn es unwahrscheinlich war, konnte es sein, dass sie den Fernseher einmal nicht an hatten. Deshalb klopfte er kräftig an und wartete einige Momente, ob sich die Tür nicht doch öffnen würde. Vermutlich waren sie Einkaufen gegangen, oder besuchten irgendein Café. Er war später hier angekommen als gewohnt und die beiden waren trotz ihres hohen Alters immer noch sehr agil. Entgegen seiner Hoffnung entging er dem Angriff von Frau Krämer nicht. Manchmal kam ihm diese Frau vor, wie eine Spinne, die in ihrem Netz wartete bis sich eine Bewegung im Flur ereignete. Berührte man im vorbeigehen auch nur einen ihrer unsichtbaren Fäden, die sie über den gesamten Flur verlegt zu haben schien, dann wartete sie hinter ihrer Tür. Befand man sich nahe genug, um nicht mehr in eine andere Wohnung flüchten zu können, kam sie plötzlich ganz zufällig aus ihrer Wohnung geschossen. Mit einem "Ach, das ist ja eine angenehme Überraschung. Der Herr Doktor wieder einmal auf Hausbesuch", und "Ich habe sie ja schon so lange

nicht mehr gesehen, ja wie geht es ihnen denn?", und "Die werte Gemahlin und Ihr Sohn sind hoffentlich wohl auf? Na auf den können sie ja besonders stolz sein", hatte sie einen schon im Gespräch.

Nach den üblichen Erkundigungen über das Befinden der gesamten Familie, folgte das übliche Jammern über dieses und jenes Zipperlein welches sie entsetzlich plagte. Allerdings nur, um bei dem konkreten Angebot einer ernsten, ärztlichen Untersuchung, das eben zum Elefanten aufgeputschte Krankheitsbild wieder zur Mücke mutieren zu lassen. Schließlich wäre man ja nicht wehleidig und es sei ja auch alles gar nicht so schlimm. Einige Worte noch über die ach so furchtbare Jugend heutzutage und dann konnte man sich endlich langsam verabschieden. Mit etwas Glück hatte sich nicht viel ereignet und die ganze Sache dauerte eine viertel Stunde. Bei einem Neuzugang, kam man unter einer halben Stunde nicht aus diesem Flur, in der vierten Etage und Dr. Meierhofers Rekord lag bei neunzig Minuten, in denen er sich die wildesten Spekulationen über die Serie der Rentnermorde anhören durfte. Das war erst letzten Monat gewesen und er hoffte inbrünstig, dieses

Mal mehr Glück zu haben. Fortuna schien ihm wohl gesonnen, denn lediglich Kalle, aus der WG wurde des Wahnsinns verdächtigt, so wie jedes zweite Mal, wenn er Frau Krämer in die Arme lief.
"Man muss ja richtig Angst bekommen. Wer weiß was der ausheckt. Wenn er jemanden umbringen würde, käme er wahrscheinlich nur in eine Anstallt. Es gibt ja viele solche Fälle, die lange Zeit unauffällig sind und dann plötzlich durchdrehen." Auslöser der neuen Attacke von Frau Krämer auf den jungen Mann war die Beobachtung, dass er öfter als normal im Flur stünde, um den Teppich mit starrem Blick zu fixieren.
Jens Meierhofer kannte Kalle seit er vier Jahre alt war. Sicherlich erschien sein Verhalten als NICHT NORMAL. Im Gegensatz zu vielen anderen Personen, wusste der Arzt, dass es sich hier um eine Art Splin handelte, die sich mit der Zeit durchaus wieder relativieren konnte. Kalle war sicherlich seltsam, was er aus Sicht des Doktors zelebrierte und keineswegs auf eine vorliegende geistige, oder psychische Krankheit zurückzuführen war.

Ingrids Arthritis war im Moment auf einem gleich bleibenden Level. Sie kam ohne Krücken durch ihre Wohnung. Das war aber auch schon alles, was sie aufgrund des Schmerzpegels bewältigte. Die Rentnerin war trotzdem zufrieden, solange sie sich überhaupt von A nach B bewegen konnte und an diesem Tag besonders gut gelaunt.

Sie tranken eine Tasse Tee mit Vanillearoma und schwatzten über Dieses und Jenes. Auch Kate und die Arbeitslosigkeit in der Stadt waren ein Thema. Die Rentnerbande löste eine rege Diskussion zwischen ihnen aus. Es gab schon einen zweiten Rentner, der bei einem der Raube sein Leben verloren hatte.

"Wegen dreihundert Mark!" Ingrids Stimme klang entsetzt. "Erschlagen worden soll er sein. Es ist fast nicht zu glauben."

"Ja Ingrid. Heutzutage ist man nicht einmal mehr in der eigenen Wohnung sicher", schüttelte Dr. Meierhofer den Kopf. Der Arzt ergriff die Gelegenheit, ihr die betreute Wohngemeinschaft noch einmal schmackhaft zu machen. "Ingrid? Wollen sie es sich nicht doch noch einmal überlegen, mit der Seniorengemeinschaft? Ich kenne da eine Gruppe netter Leute, die ein Zimmer für sie frei hät-

ten." Das Angebot sie dort unterzubrin-
gen wurde von Ingrid wie immer abge-
sägt
"Ich werde es mir überlegen", versprach
sie. Dr. Meierhofer hatte sein Vorhaben
noch nicht aufgegeben, auch wenn er
heute wieder gescheitert war. Eines Tages würde er Frau Rosner dazu bringen
in eine dieser Gemeinschaften zu ziehen, wo er sie gut aufgehoben wüsste.

Kapitel 10

Ratte und Paul

"Versuchter Mord oder nicht?", lautete die Schlagzeile der Tageszeitung. Ein weiterer Raub der Rentnerbande, den das Opfer überlebt hatte, wurde erläutert und das Polizeiaufgebot in den Straßen wuchs sichtbar an. Für die Kriminalpolizei waren die Fälle mit den Rentnern klar. Eine Bande, vermutlich jugendliche Verbrecher, hatte sich darauf spezialisiert die Alten Leute mit einem Trick dazu zu bringen, sie in die Wohnung zu lassen. Dort waren sie den Gewalttätern ausgeliefert. Sie raubten sie aus und nahmen alles mit, was sie in wenigen Minuten erhaschen konnten, während das Opfer mit einer Schlinge um den Hals auf einem Stuhl gefesselt war. Einer der Rentner hatte sich so anscheinend selbst erhängt. Die Schlinge, die an der Lampe befestigt war und im Sitzen durchhing, hatte sich als zu kurz erwiesen und nicht nachgegeben, als das erste Opfer mit dem Stuhl umgekippt war. Es konnte sich also durchaus lohnen keine herunter hängenden Lam-

pen in der Wohnung zu haben. Diese angedeutete Henkermethode sollte den Rentner lediglich davon abhalten sich bemerkbar zu machen, um Zeit zu gewinnen. Der Plan der Räuber ging in sofern daneben, als sich der Rentner nach dem Verschwinden selbst befreien wollte. Deshalb gingen die Täter augenscheinlich beim zweiten Opfer auf Nummer sicher und schlugen ihn einfach zusammen. Dieser Wechsel der Methode begründete die Vermutung, die Täter wollten nur Geld und hätten nicht die Absicht ihre Opfer zu töten. Das der alte Mann später aufgrund seiner Verletzungen im Krankenhaus verstarb, war schlicht weg Pech gewesen.
Gleichzeitig wurden mehrere Taschendiebstähle in der Stadt gemeldet. Der Täter wurde jedes Mal als relativ klein, schmächtig und unheimlich schnell beschrieben. Die für den Dieb nutzlosen Gegenstände wurden in Papierkörben des Stadtparks gefunden und den Opfern nach einer ausgiebigen Untersuchung zurückgegeben. Anfänglich brachte die Polizei die Fälle nicht in Verbindung, doch mit der Zeit stellte sich bei den Ermittlungen ein Zusammenhang heraus, der von mindestens zwei verschiedenen Tätern, allerdings der glei-

chen Gruppe angehörig, ausging.
Die Zeitung riet eventuellen zukünftigen Opfern sich ruhig zu verhalten, um so Verletzungen zu vermeiden und nach dem Überfall sofort die Polizei zu informieren. Die Bevölkerung wurde angehalten die Augen offen zu halten, um die Täter zu entdecken. Sich alleine in der Stadt an einsamen Plätzen aufzuhalten, oder seinen Lebensabend zu genießen, war gefährlich geworden.
Anfang Januar setzte eine eisige Kälte ein. Das Thermometer zeigte minus fünfzehn Grad, die keine Seltenheit mehr waren. Im Keller ratterte die alte Heizung. Über die Rohre konnte man das knatternde Geräusch wie durch einen Trichter im ganzen Haus vernehmen. Nicht selten schallte ein Knall durch die Räume, der die Bewohner der vierten Etage anfangs erschreckte. Sie pfiff sprichwörtlich aus dem letzten Loch.
Froh darüber aus der Kälte zu kommen schlüpfte ich ins Treppenhaus. Ratte kam mir entgegen, als ich gerade den Fuß auf der obersten Stufe hatte.
"Hi Kate. Wie geht es dir?", fragte er.
"Danke gut und selbst?" Ich blieb stehen. Er lächelte mich freundlich an.
"Geht so. Muss ja. Und deinem Freund?"

Ich war verwundert, dass er von Paul wusste.
"Woher weißt du das?"
"Hey, du wohnst in der vierten Etage, schon vergessen?", erinnerte er mich. Wir lachten. Ja ich wohnte in der vierten Etage. Ob es wohl in jedem Haus so eine VIERTE ETAGE gab?
"Wo treibst du dich eigentlich immer rum? Ich meine der Rest der WG lungert fast vierundzwanzig Stunden in der Bude, oder im Flur rum. Vor allem Kalle sehe ich fast jeden Tag den Teppich anstarren, außer es gibt eine Party, auf der sie sich kostenlos besaufen können. Aber dich sehe ich so gut wie nie."
"Kalle schiebt Wache. Wegen der Rentnermorde. Irgendwie geht es ihm an die Nieren. Und was mich betrifft..." Ratte steckte die Hände in die Taschen seiner Jeans und schaukelte mit dem Oberkörper verlegen hin und her. "Das verrate ich dir nur, wenn du versprichst es niemanden zu erzählen", juxte er. Sein geheimnisvoller Blick, mit dem er mich forschend betrachtete, machte mich neugierig.
"Okay, ich behalte es für mich. Leg los." Ich war aufgeregt, welches verschrobene Geheimnis er mir jetzt anvertrauen würde. Er beugte sich zu mir, bis er

ganz dicht an meinem Ohr war. Sein Atem strich meinen Hals und die feinen Härchen meiner Haut reagierten sofort. Ein wohliger Schauer durchfloss mich, als er zu flüstern begann. Im Geheimen wünschte ich, Paul hätte so eine Wirkung auf mich.
Reiß dich zusammen Kate, ermahnte ich mich selbst.
"Ich verführe hübsche Mädchen die einen Freund haben. Aber das mache ich nur am Tag. In der Nacht überfalle ich alte Leute und jetzt gerade hole ich ein Paket von der Post. Fesseln. Eine robuste Sonderanfertigung. Die brauche ich, wenn ich ein hübsches Mädchen finde, das ich an mich binden will." Breit grinsend sah er mich an. Ein hübsches Mädchen, war alles was sich in meinen Gedanken gefangen hatte. Damit schied ich aus. Ich riss mich zusammen, um mir die Enttäuschung nicht anmerken zu lassen und erwiderte sein Lächeln.
"Na du bist mir aber ein richtig böser Junge", gab ich scherzhaft zurück.
"Und? Hast du schon eine gefunden die du an dich binden willst?"
"Klar! Hast du schon was vor heute Nacht?" Die Antwort überfuhr mich beinahe. Es dauerte eine Sekunde, ehe ich wieder in der Realität angekommen war

und die Anspielung als Scherz interpretierte.
"Ja, habe ich." Meine Stimme klang wenig überzeugend und etwas traurig.
"Und was genau, wenn ich fragen darf?"
"Schlafen. Und du bist doch mit Rentnerüberfällen beschäftigt, wenn ich es richtig in Erinnerung habe." Ohne auf meine Bemerkung einzugehen, drehte er sich lachend um.
"Na dann, bis später!", rief er und wir trennten uns.
Sie sieht nicht glücklich aus, dachte er, als er die Treppen nach unten lief. *Dieser Paul macht sie nicht glücklich und ich darf es nicht.*
Ein großer Mann in einem dunklen Mantel kam aus Ingrids Wohnung, als sich die Etagentür hinter mir schloss. Kalle war nicht auf seiner Wache, machte wohl Pause.
"Halt! Nicht zumachen!", rief ich dem Fremden zu. Verdutzt blieb er stehen und starrte mich an. Ingrid, die meine Stimme gehört hatte tauchte im Türrahmen auf.
"Kate! Heute schon so früh zu hause? Hast du mir wieder die Post mit hoch gebracht, das ist lieb von dir Kind."
"Ja, na klar, ich gehe doch sowieso jeden Tag daran vorbei." Der Mann hob

kurz seinen Hut.

"Dann wünsche ich den Damen noch einen schönen Abend." Damit wandte er sich zum Gehen und durchquerte mit großen Schritten den Flur.

"Danke, ihnen auch", erwiderte ich verdutzt und schon verschwand er im Treppenhaus.

"Möchtest du nicht reinkommen? Ich brühe gerade frischen Tee?", fragte Ingrid. Natürlich wollte ich. Mein ganzer Körper glich einem Eiszapfen und der Gedanke an etwas Warmes war sehr verlockend.

"Wer war das?" Ich legte die Post für Ingrid auf das kleine Sideboard neben dem Spiegel und folgte ihr in die Küche.

"Nur ein Bekannter, den ich schon sehr lange nicht mehr gesehen habe." Ingrid wechselte sofort das Thema, als ich noch eine Frage zu dem Besucher stellte. Ich wollte sie nicht weiter über den Fremden ausfragen, da sie augenscheinlich nicht gerne über ihn redete. Unser Gespräch wanderte durch die Ereignisse des Tages und endete bei den Schlagzeilen der Zeitungen. Die Rentnermorde beschäftigten Ingrid natürlich sehr. Schließlich betraf sie die Thematik direkt und wenn man zur Zielgruppe einer Verbrecherbande zählte, war es logisch,

Angst zu bekommen. Auch das Rentnerpaar auf der Etage, mit dem sie sich bereits unterhalten hatte, fand es schlimm
und gab zu, dass sie nicht mehr so sorg-
los waren, wenn sich ein Fremder vor
der Tür befand. Wer konnte schon sagen, ob der Klempner auch wirklich der
war, für den er sich ausgab?

Kapitel 11

Juli 1972 - Inett

Für eine Sekunde stand sie wie angewurzelt an der Straße. Ihr Verstand brauchte diesen Moment, um zu begreifen, was ihm die Augen mitteilten. Mias kleine Tochter auf dem Arm hatte sich ihr Körper zu einer starren Statuette verwandelt.
Das Haus der Familie Groß brannte. Das gesamte Gebäude stand in einem Meer aus Flammen.
Als sich die Schockstarre löste, legte sie das Kind in sicherem Abstand auf den Rasen. Sie verbarg das Mädchen unter einem der überhängenden, breitwüchsigen Büsche des herrschaftlichen Grundstücks und rannte auf das mit Rosen überwachsene Portal des Hauses zu. Inett schrie. Sie schrie aus Leibeskräften, wie eine Verrückte um Hilfe. Und sie schrie nach Mia. Halb wahnsinnig vor Panik und Angst, suchte sie einen Eingang, oder einen Weg, um Mia aus dem Haus zu holen. Kein möglicher Zugang war erkennbar. Weder von Vorne noch

von Hinten.

Qualmender Rauch trieb ihr Tränen in die Augen und ihre Lunge brannte nach wenigen Augenblicken, als hätte sie das Feuer eingeatmet. Inett hustete und schrie wieder. Fast verrückt vor Angst um die junge Frau und auch um ihr eigenes Leben schrie sie der Hitze entgegen "Mia! Mia!" Kein Lebenszeichen, keine Antwort, keine Hoffnung.

Die Flammen fraßen sich durch die hölzerne Veranda und schlugen über das Dach.

Eine zierliche, in einen schwarzen Kapuzenmantel gehüllte Person verließ das Grundstück auf der anderen Seite. In ihrer Panik bemerkte Inett die dunkle Silhouette nicht, die sich mit diabolischer Freude die Hände rieb und in sich hineinlachte. Schande musste man mit der Wurzel ausmerzen.

Aber auch dem Brandstifter war etwas entgangen. Das Bündel, welches sicher in der Dunkelheit der Büsche verborgen lag.

Plötzlich wurde Inett von zwei starken Armen gepackt, die sie wegzerrten. Weg vom Rauch, der tränenblind machte und weg von der Hitze, die ihre Haut versengte. Sie konnte nichts mehr machen.

Aus den roten Augen liefen Tränen während sie hustend und spuckend im Gras saß und dem Inferno nichts entgegenstellen konnte. Ein Feuerwehrmann stellte ihr Fragen und sie gab Antwort so gut sie es vermochte.
Mia hatte starke Kopfschmerzen gehabt weswegen sie ein Schmerzmittel nahm und sich dann hingelegt hatte. Da die Kleine aber sehr quengelig war an diesem Tag, nahm Inett den süßen Sonnenschein mit, als sie auf einen kurzen Nachmittagsplausch zu ihrer Freundin, dem Kindermädchen der Familie Lauscher ging. Sie wollte Mia schlafen lassen, sie sollte sich ausruhen. Die Herrschaft, mitsamt Butler und Köchin, war in das Sommerhaus auf dem Land gefahren. Ein Vermächtnis der Familie Kroner, welches meist bei Feiern aufgesucht wurde. Es lag nicht weit vom Stadtrand entfernt. Die beiden Frauen wurden alleine in der Villa gelassen. Dort befand sich auch die Kanzlei Groß, wegen der günstigen Lage am Rand des Stadtkerns. Bei den Feierlichkeiten, der die Familie an diesen Tagen zum Reisen bewogen hatte, war Mias Anwesenheit nicht von Nöten gewesen, um nicht zu sagen unerwünscht. Da man Mia nicht alleine lassen konnte, wurde Inett an-

gewiesen bei ihr zu bleiben.

Für Mia kam jede Hilfe zu spät. Sie war im Schlaf verbrannt. Zumindest betete Inett darum, dass sie keine Schmerzen erleiden hatte müssen. Verzweifelt saß die junge Frau weinend auf dem Rasen, vor dem brennenden Anwesen. Die Flammen loderten um die dunkelroten Rosen, die in voller Blüte standen. Die Rosen und ihre Tochter. Die einzigen Freuden, die Mia in diesem Haus geliebt hatte und die sie nie wieder sehen würde.

Die Farbe aus Bordeaux mit schwarzen Rändern und einem flammenden Inferno war das Erste, was sich in das Gedächtnis des kleinen Mädchens einbrannte.

Inett schnappte sich in einem unbeobachteten Augenblick das versteckte Kind und fing an zu laufen. Sie musste sie wegbringen. Sofort. Dieses Feuer war nicht von alleine entstanden, soviel wusste sie.

Wilhelm Groß verschwand fünf Jahre nach dem Brand und wurde nach einem weiteren Jahr für tot erklärt. Zurück blieb eine trauernde, gottesfürchtige Witwe.

Unter vorgehaltener Hand wurde gemunkelt, er hätte sie wegen einer jüngeren, weniger verbitterten Frau verlassen und lebe jetzt auf den Malediven. Weder die Leiche des nach dem Brand spurlos verschwundenen kleinen Mädchens, noch seine, wurden gefunden.

Kapitel 12

Todesfall

Es war ein eisig kalter 15ter Januar. Der kälteste, an den ich mich erinnern konnte. Ich musste verrückt gewesen sein, als ich das Treffen mit meiner Freundin außerhalb der eigenen vier Wände ausgemacht hatte. Das kleine Café am Stadtplatz machte nicht den einladensten Eindruck. Verschmierte hohe Scheiben mit vergilbten Bistrovorhängen versperrten den Blick nach Innen und umgekehrt. Eine Frau mittleren Alters, mit dunkelblonden Schnittlauchlocken und einer dickglasigen Brille, sah mich erwartungsvoll vom hintersten Tisch aus an. Die Tür knarrte erbärmlich, als sie hinter mir wieder in den Rahmen glitt. Die Frau am Tisch sah irgendwie aufgedunsen aus. Mit ihrem breiten Grinsen wirkte sie wie ein aufgeblähter Frosch, der auf Beute wartete. Im Vorbeigehen bestellte ich mir einen Latte Macchiato an der Theke. Bewusst setzte ich mich nicht an einen der Tische und vermied es, in ihre Nähe zu kommen. Sie erkannte, dass ich nicht die Person zu war, auf die sie wartete, denn sie ließ das breite Lächeln aus ihrem Gesicht wieder verschwinden. Vielleicht war sie mit jemand verabredet, den sie nicht kannte. Ein Internettflirt vielleicht?

Wo hatte mich Kerstin hier nur hinbestellt? Ich beschloss für die Zukunft die Treffpunkte wieder selbst auszuwählen. Die nette Bedienung setzte das Getränk mit einem Lächeln vor mir ab und im gleichen Augenblick betrat eine weitere Frau den heruntergekommenen Raum.

Das Gleiche in Grün, dachte ich. Dunkle, fettige Haare, dicke Brille und ziemlich stämmig. Freudig wurde sie von der Froschfrau begrüßt.

"Sind sie Frau Hilmer?" Als diese bejahte, fing die blonde Frau sofort an sie über ihre Krankengeschichte auszufragen. Ein seltsames Treffen, bei dem man wildfremden Menschen intime Details in einem öffentlichen Café preisgab, als wäre es das Normalste auf der Welt. Unfreiwillig und aufgrund der Tatsache mit den beiden Frauen und der Bedienung alleine in dem Cafe zu sitzen, wurde ich Zuhörer über ein neues Diätprogramm. Ich konnte nicht anders, als mir die Redensführerin noch einmal anzusehen und ich fragte mich ernsthaft, wenn dieses Programm so gut half, warum schien es nicht bei ihr selbst zu wirken? Kerstin erlöste mich mit ihrem Erscheinen von der Peinlichkeit, noch weiter dem Verkaufsgespräch meine Aufmerksamkeit schenken zu müssen. Wie immer war sie zu spät.

"Tut mir leid", schnaufte sie. "Aber hier bekommt man einfach keine Parkplätze. Ich stehe ganz hinten beim Schuhgeschäft und musste den ganzen Weg hier her laufen", beschwerte sie sich. Die Parkplatzsituation der Stadt war wirklich katastrophal und es war einer dieser Momente, in denen ich froh war, kein Auto besitzen zu müssen.

"Sag mal", flüsterte ich ihr zu. "was ist das hier für ein komisches Cafe?"

"Ich weiß. Es ist nicht das Schönste, aber der Kaffee hier ist einfach einmalig. Sag mal, bist du krank?" Sie hatte bemerkt, dass ich nicht ganz auf der Höhe war. Die Erkältung, die ich mir eingefangen hatte, machte mir schon den ganzen Tag zu schaffen.

"Nur ein bisschen Schnupfen. Das vergeht schon wieder", wehrte ich ab.

"Sicher?" Ich nickte mit dem Kopf.

"Na gut. Du glaubst nicht, was mir passiert ist", begann sie aufgeregt zu erzählen. Kerstin hatte einen jungen Mann kennen gelernt. Er war groß und dunkelhaarig und musste der schönste und galanteste Mann in ganz Deutschland sein. Wenn ich ihren Worten Glauben schenken durfte, dann war er Mister Perfect. Nachdem sie ihre euphorische Erzählung beendet hatte, fragte sie mich wie es mir mit Paul ginge.

Paul und ich trafen uns regelmäßig zweimal die Woche. Ich war gerne mit ihm zusammen und wie es schien, er auch mit mir. Manchmal war er etwas seltsam, irgendwie abgelenkt, nicht bei der Sache. Einige Fragen musste ich ihm wiederholt stellen, bevor ich eine Antwort bekam. Er hatte sich in den letzten Wochen sehr verändert.

"Als würde ihn irgendetwas belasten. Etwas, das seine ganze Konzentration fordert. Er kommt mir unruhig vor, als würde ihn Tag und Nacht etwas beschäftigen", sagte ich. "Wenn ich ihn frage, was los ist, dann bekomme ich nur ausweichende Antworten von ihm."

"Du brauchst also den Rat einer guten Freundin", vermutete sie. Ich nickte.

"Lass ihn in Ruhe damit. Männer sind

manchmal so. Wenn er reden will, dann wird er schon zu dir kommen." sagte Kerstin. "Mach dir darüber nicht so einen Kopf." Aufmunternd legte sie eine Hand auf meine Schulter und lächelte mich an. Sie hatte Recht. Schließlich gab es auch in meinem Leben Dinge, über die ich mich nicht mit anderen unterhalten wollte. Trotzdem beschäftigte mich sein Verhalten und ich konnte nicht umhin, es mit der Stagnation in unserem Beziehungsleben zu verbinden. Irgendwie waren wir in der Kennlernphase stecken geblieben. Wir hatten den Zeitpunkt des nächsten Schrittes aus irgendeinem Grund verpasst. Die irrwitzigsten Gedanken kamen mir. Vielleicht war er schwul und wollte es selbst nur nicht wahr haben. Vielleicht traute er sich nicht. Ich hatte keine Ahnung was in ihm vorging.

Der Schnupfen wurde mit jeder Minute schlimmer und ich bekam das restliche Gespräch nur noch wie durch eine dicke Schicht Watte mit.

"Geh nach Hause und mach dir eine Tasse Tee. Kate du gehörst ins Bett." stellte Kerstin, plötzlich das Thema wechselnd fest. Das war eine gute Idee der ich auch nachkommen würde. Mein Kopf fühlte sich inzwischen an, als hätte ein Schwarm Hornissen sein Nest dort gebaut.

Gegen zehn kam ich an dem dunkelgrauen Wohnhaus an. Es war schon lange dunkel geworden und die Nächte wurden immer noch empfindlich kalt. Die Kältewelle nahm kein Ende und auch in den nächsten Wochen sollte sich das Wetter nicht sonderlich ändern. Frierend und verschnupft, aber froh darüber endlich zu Hause zu sein, leerte ich den Briefkasten für mich und Ingrid, bevor ich mich über den Innenhof Richtung Treppenhaus begab. Während ich auf die Tür zusteuerte, sortierte ich die Werbung aus, die trotz des orangegelben Aufklebers - "Bitte keine Werbung einwerfen" - jeden Tag den Einwurfschlitz verstopfte. Am Papiercontainer ließ ich den Werbe-Müll in dessen Tiefen verschwinden und wurde von einem Mann gerammt Die Post lag auf dem Boden und hatte die Salz- Schnee-Matschpfütze vor dem Absatz glücklicherweise verfehlt. Mein Gleichgewicht nach dem Zusammenstoß wieder gefunden, sah ich dem Rüpel nach. Unbeirrt schritt er flott, wie ein Soldat, über den Innenhof und verließ ihn durch das Fronttor, ohne sich auch nur einmal umzusehen. Er musste es entweder sehr eilig haben, oder er hatte einfach keine Manieren. Ich steckte die Briefe ein, die mir aus der Hand gefallen waren und da fiel mir der auffällige Stempel eines Notars auf. Der Brief gehörte zu Ingrids Post. Nun es ging mich nichts an, also betrat ich das Treppenhaus, um den vierten Stock zu erklimmen. Wenigstens wurde einem bei der Treppensteigerei etwas wärmer. Schon vor dem Öffnen der Etagentür konnte ich die Diskussion von Mariann und Roberto Castello, dem temperamentvolle Duo zuhören. Ein Schmunzeln floss über meine Mundwinkel, welches von der alten Nebelkrähe natürlich nicht übersehen wurde, die gerade aus der Tür gestochen kam, als müsste sie einen grausamen Tod sterben, wenn sie es nicht tat.

"Ach! Sieh an" meckerte sie mich sofort an. "das gnädige Fräulein Berger findet diese Lärmbelästigung spät abends also amüsant?" Ihre spitze Stimme erreichte dabei Höhen, die jeden Sopransänger vor Neid hätten erblassen lassen.

"Guten Abend Frau Krämer", erwiderte ich und blieb dabei extra höflich. "Entschuldigen sie, dass ich mich nicht in fremder Leute Belange einmische, wenn sie mich nichts angehen." Mit diesen Worten schob ich Ingrids Post durch den

Türspalt und ging weiter. Der Unterkiefer der Nebelkrähe klappte nach unten und mit empört weit aufgerissenen Augen beobachtete sie, wie ich an ihr vorbei ging. Es war eindeutig zu spät, um noch bei Ingrid zu klopfen und ich selbst war froh, in mein Bett zu kommen. Das empörte Prusten der Nebelkrähe wurde von mir ignoriert. Jetzt war Wochenende und ich würde mich erst einmal von meinem Schnupfen erholen. Als sie bemerkte, dass ich ihren verspäteten Reaktionen keine Audienz mehr gab, hämmerte sie wie wild an die Tür der Castellos. Ihre Stimme überschlug sich vor aufgestauter Wut und sie drohte kurz mit der Polizei, ehe sie verschwand. Feige, wie sie war, verschanzte sie sich in ihrer Wohnung, bevor Roberto ihr Kontra geben konnte. Der Spanier sah kurz in den Flur und sah mich verwundert an. Ich deutete auf die Tür von Frau Krämer und er schüttelte den Kopf und verschwand wieder.

Gerade steckte ich den Schlüssel ins Schloss, als der gedämpfte Bass einer Hardrockgruppe aus der WG Wohnung anschwoll und Ratte aus der Tür kam.

"Hi Kate", begrüßte er mich.

"Hi!", erwiderte ich leicht erschrocken. Ich hatte nicht mit ihm gerechnet. Nor-

malerweise sah ich ihn, wenn überhaupt, nur am späten Nachmittag. Ich spürte wie mir die Röte ins Gesicht stieg.
"Hast du den alten Hauser gesehen?", fragte er und schloss die WG-Tür hinter sich, bevor er auf mich zukam.

Der "Alte Hauser" war der Hausmeister. Ein etwas seltsamer Kauz, der als brummiger Einsiedler galt und zwar Spaß verstand, allerdings nicht mit jedem sprach. Es sei denn, seine Arbeit zwang ihn dazu, sich zu unterhalten. Diesen Zwang übte Frau Krämer jedes Mal aus, wenn er ihr nicht entkommen konnte, weshalb er sich auf der Vierten so gut wie nie sehen ließ. Jeder von uns wusste, wer ihn ansprechen durfte und wer nicht. Es war leicht herauszufinden, denn Herr Hauser tat es jedem Bewohner bereits beim Einzug Kund, ob er ihn leiden konnte, oder nicht.
Ich, mit meinen armseligen zwei Koffern und dem spärlichen Mobiliar damals, erntete ein trockenes - "Sag Bescheid, bevor du die Miete nicht mehr zahlen kannst". Dabei hatte er mich ausgiebig gemustert. In der Übersetzung seiner Sprache hieß das soviel wie - "Willkommen mein Mädchen", und - "wenn du

Probleme kriegst, weißt du wo ich wohne." Eines Tages sollte jemand ein Wörterbuch schreiben.

Eigenbrötlerisch – Deutsch
Deutsch – Eigenbrötlerisch

Und sei es nur, um die einsiedlerischen Hausmeister dieser Welt besser verstehen zu können.

"Nein, ich weiß nicht wo er ist. Warum fragst du?"

"Na ja, sieht so aus, als hätte der ganze vierte Stock heute Nacht keine Heizung", erwiderte Ratte.

"Oh! Nicht gut", stellte ich fest und musste wieder niesen.

"Nicht gut!", bestätigte Ratte und zog eine zerknautschte Packung Papiertaschentücher aus der Jeanshose, die er mir hinhielt. Dankbar nahm ich sie an und putzte mir die Nase.

"Wenn es dir heute zu laut wird", sagte er und deutete mit dem Kopf in Richtung WG. "dann sag bitte Bescheid. Ja?"

"Keine Sorge, wenn es mir zu laut wird trete ich euch die Tür ein und werfe die Stereoanlage aus dem Fenster", scherzte ich. Meine Erkältung hatte in den letzten Minuten einen enormen Schub bekommen. Ich rang mir ein erschöpftes Lächeln ab.

"Also dann, werde ich mal sehen, dass wir heute Nacht nicht erfrieren und mich auf die Suche nach dem alten Kauz machen." Ratte wünschte mir noch gute Besserung, dann ging er. Ich sah ihm nach, wie er den Flur hinter sich ließ und die Feuertür krachend ins Schloss fiel. Er war wirklich ein hübscher, junger Mann. Als ich meine Wohnungstür aufschloss, hatte ich das Bild einer Eishöhle vor meinem inneren Auge. Ich hoffte, dass es nicht ganz so schlimm werden würde, wie ich befürchtete. Kühle dreizehn Grad schwebten durch meine Wohnung. Die Jacke behielt ich besser an, wenn ich mich nicht ganz verderben wollte. Skeptisch testete ich im Bad, ob wenigstens Heißwasser aus dem Hahn zu bekommen war. Dampfend lief der Strahl ins Waschbecken. Ich ließ mir die Wanne volllaufen, um mich anschließend in dem warmen Wasser aufzutauen.

Gott segne den Mann der in diesem Haus für Heißwasser einen extra Heizkreislauf eingebaut hatte, als die alte Heizung die Vielzahl der Wohnungen nicht mehr richtig versorgen konnte. Die letzten Tropfen Badeschaum aus der Flasche schüttelnd, freute ich mich auf mein Bad. Ich steckte den kleinen elektrischen Heizlüfter an und verschloss die Tür, um den kleinen Raum schneller warm zu bekommen. Begeistert war ich über den Stromfresser nicht, aber das war ein Notfall, bei dem ich keine Alternativen hatte. Kaum eingeschaltet fing er sofort an zu brummen und pustete warme Luft aus den Schlitzen.

Das heiße Wasser umschloss meinen erkälteten Körper. Der Musikpegel aus der WG reduzierte sich schlagartig auf ein Minimum. Ratte musste zurückgekommen sein und etwas gesagt haben. Ein Lächeln breitete sich auf meinem Gesicht aus.

Ich sollte öfter krank sein, dachte ich. Es tat gut, wenn sich jemand so kümmerte. Während ich in der Wanne lag, versuchte ich den Gedanken arbeitslos zu werden abzuschütteln.

"Die wirtschaftliche Lage der Fabrik erfordert Rationalisierungsmaßnahmen", dröhnte die Stimme meines Vorarbeiters immer noch in meinen Ohren. Bereits sieben Mitarbeiter, allein drei in meiner Abteilung, wurden deshalb schon bis jetzt ausgestellt. Trotz der angeblich fehlenden Arbeit machte der Rest der Arbeiter täglich Überstunden. Soweit die Ansichten der Personalabteilung. Jeder normale Mensch sah, wie widersprüchlich das Ganze war. Das Wochenende bot mir die Möglichkeit mich ohne Krankmeldung auskurieren zu können. Die Umstände forderten neue Maßnahmen. Ich würde mich über den Arbeitsmarkt informieren müssen und vielleicht einen Zweitjob als Bedienung annehmen. Nur zur Absicherung damit ich im Ernstfall nicht ganz ohne Arbeit und Einkommen dastand. Ich hatte schon einmal bedient. Es war zwar nur ein Ferienjob gewesen, aber ich hatte ein bisschen Ahnung von dem Geschäft bekommen.

Ich ließ heißes Wasser nach und ergab mich dem warmen Guss, der die Temperatur in der Wanne wohlig warm aufheizte. Vor mich hindösend, schlichen sich meine Gedanken zu Ratte. Wie er wohl war, so als Freund? Ich ertappte mich dabei, wie ich Pläne schmiedete, um ihn besser kennen zu lernen. Gerade hatte ich Äugi in Gedanken eingeladen, um sie über Ratte auszuhorchen, als mir Paul in den Kopf schoss.

Kate! Was machst du? Wie kannst du nur? Du solltest dich wirklich schämen, schalt ich mich. Das schlechte Gewissen hatte sich bemerkbar gemacht und ich ließ den Gedanken an Ratte wieder fallen. Auf zwei Hochzeiten zu tanzen war schon mal gar nicht mein Ding.

Diese Nacht sollte die kälteste des ganzen Jahres werden. Ein Temperatursturz, auf fünfundzwanzig Grad minus, fror jegliche Flüssigkeit der Luft an die Fenster. Unruhig wälzte ich mich in meinem Bett hin und her. Obwohl die Heizung nicht funktionierte, war mir heiß. Es dauerte lange, ehe ich in einen Schlaf voller seltsamer Träume fiel. Bilder von Asche, Rauch und Feuer zogen sich durch diese Nacht und immer wieder diese Rose.
Bordeaux, so dunkel, dass die Ränder der Blütenblätter fast schwarz waren. Abstrakte Blüten aus denen die Farbe wie dickes Blut heraus floss, bis schließlich alles nur noch düster rot zu sein schien. Feuerzungen, wie bei einem Großbrand schossen daraus hervor. Plötzlich war es auf meiner Haut. Ich verbrannte. In einem Flammenmehr aus dunkelroten Rosen. Schweißgebadet wachte ich von meinem eigenen Schrei auf. Ein Gefühl, als wäre ich in der Hölle, schlug über mir zusammen. Die Hitze war unerträglich. Entweder verbrannte ich gerade wirklich, oder die Hitze hatte einen Ursprung. Widerwillig stand ich auf und schleppte meinen kranken Körper zum Thermometer.
SECHSUNDDREISSIG GRAD!

36 Grad?? Plus?

Ich hatte die Heizkörper voll aufgedreht, um so schnell wie möglich wieder Wärme in den ausgekühlten Raum zu bekommen, für den Fall, dass die Heizung wieder anfangen würde zu laufen. Schnell drehte ich die Regler auf Null zurück und riss die Fenster auf. In meinem überhitzten Zustand bemerkte ich nicht, wie kalt die Luft von draußen wirklich war. Ein, oder zwei Minuten lang stand ich in der hereinströmenden Luft, bis ich das Gefühl hatte, wieder richtig Atmen zu können.

Sicherheitshalber tappte ich ins Bad, um meine Temperatur zu messen. 36.8 - kein Fieber, das war gut. Als ich aus dem Bad kam, fiel mein Blick auf die Küchenuhr, die mir sagte, dass es bereits Mittag war. Kein Wunder, dass sich der Raum so aufgeheizt hatte. Die relativ großen Heizkörper waren stundenlang auf zehn gelaufen. Ich schloss die Fenster wieder und drehte die Regler auf vier zurück. Heute würde ich zu Hause bleiben, ich konnte mir nicht leisten ernsthaft krank zu werden, schließlich war ich auf den Job angewiesen. Egal wie widerwärtig fade ich ihn fand. Ich suchte mir eine Packung Kamillentee aus dem Schrank, brühte mir eine Tasse

davon auf und ließ den Rest gleich neben dem Wasserkocher stehen. Sicher
würde ich ihn noch öfter brauchen.
Gut eingepackt lag ich auf der Couch
und dachte nach. Meine Beziehung zu
Paul lief dahin, wie eine Seifenoper in
der einfach nicht geschieht, auf was der
Zuschauer seit über dreißig Folgen wartet. Ein halbes Jahr lang waren wir nun
schon ein Paar und ich hatte auch schon
einige Male bei ihm übernachtet. Trotzdem hatte er noch nicht mit mir ge-
schlafen, was mich langsam aber sicher
auf die Frage brachte, warum das so
war. Aus Sicht von Ingrid und Kerstin
waren wir das ideale Liebespaar. Wobei
Ingrid es als NORMAL empfand und
Kerstin es als krank bezeichnete, das
noch nichts weiter zwischen Paul und
mir passiert war; als Händchen zu halten und ein bisschen zu Knutschen. Er
war immer noch der charmante Gentleman, der mich mit Frühstück verwöhn-
te. Nicht mehr im Bett, sondern in der
Küche. Er lud mich zum Essen ein, oder
ins Kino, oder in den Zoo. Für den Anfang war diese etwas altertümlich ange-
hauchte Werbung ganz amüsant gewesen. Auf Dauer jedoch, bekam es einen
eintönigen Beigeschmack. Es entwickel-
te sich einfach nicht nach vorne. Und da

war noch etwas, das mich störte.
Etwas, das ich nicht wirklich ausdrücken konnte. Natürlich genoss ich es mir die Sterne vom Himmel holen zu lassen und er hatte auch immer Zeit für mich, wenn ich ihn sehen wollte. Dabei schaffte er es, mir dabei das Gefühl zu geben nicht eingeengt zu sein. Genau da lag der Hund begraben. Ich wusste nicht was er tat. Es war mehr als unhöflich, jemanden in der ersten Phase einer Beziehung nach seinen Einkünften zu fragen. So etwas konnte leicht missverstanden werden, zumal es mir persönlich nicht wichtig war wie viel ein Mensch verdiente, um feststellen zu können, ob ich mit ihm klar kam. Aber welcher Job erlaubte es, sich eine hundertzwanzig Quadratmeter große Wohnung mitten in der City anzumieten und trotzdem die Freizeit eines Rentners zur Verfügung zu haben? Als ich die Wohnung das erste Mal betreten hatte dachte ich, gut - er hat eben einen super Job. Aber die Frage, die mir nicht gefiel war, welcher Job?
Es gab zwischen uns eine Art Mauer, über die ich nicht sehen konnte und die für meine Ansicht zu viel verbarg. Wahrscheinlich war ich sogar selbst daran schuld. Ich hatte ihn nie danach gefragt, was aber nicht erklärte, weshalb unsere

Beziehung immer noch stagnierte. Es war wie es war und es veränderte sich nichts. Eingefroren und fest gefahren.
Ich beschloss, es wäre für mich jetzt an der Zeit, mir über meine Gefühle zu Paul endlich klar zu werden, bevor ich Kerstins Rat über Bord warf und mit ihm über die Beziehung redete. Weshalb war ich auf einmal so misstrauisch und stellte alles in Frage? Ohne eine Antwort auf diese Fragen zu finden, schlief ich ein. Erst gegen Abend wurde ich von einem eindringlichen Pochen an meiner Tür geweckt.
"Frau Berger? - Frau Berger, sind sie da?" Es dauerte einige Sekunden, bis ich wirklich registrierte, dass da jemand vor meiner Tür stand.
"Ja, einen Moment. Ich komme gleich." Krächzte ich der männlichen Stimme entgegen, obwohl ich mir nicht sicher war, ob er mich verstanden hatte, so heiser wie ich mich anhörte. Zu meinem Schnupfen war eine ausgewachsene Angina gekommen und ich bedauerte es die Fenster heute Mittag geöffnet und mich verschwitzt in den Luftzug gestellt zu haben. Schnell warf ich mir meinen Bademantel über. Er war ein Geschenk von Paul.
"Damit du dich nicht immer halb na-

ckend an den Frühstückstisch setzten musst", hatte er gesagt. Die Bemerkung stieß in mir auf. Welcher Mann würde seine Freundin nicht gerne halb nackend am Frühstückstisch sehen?

Ich musste heftig niesen, bevor ich an der Tür ankam. Eine tiefe, markante Stimme meldete sich von der anderen Seite.

"Gesundheit".

"Danke", krähte ich zurück, während ich öffnete. Vor mir stand ein Mann um die vierzig, weiße Schläfen und mit bestimmt tausend Lachfältchen um die Augen.

"Polizeiwachtmeister Filzer mein Name. Sind Sie Frau Katherina Sophie Berger?" Ich trat einen Schritt aus der Tür und erst jetzt bemerkte ich das Aufgebot, welches im Flur des vierten Stockes angetreten war. Mehrere Polizeibeamte stapelten sich an den Türen der Einwohner der vierten Etage. Zwei der Männer stiefelten mit Absperrband durch den Flur. Über das Stimmengewirr vor meiner Wohnung hob sich nur ein schrilles - "Um Gottes Willen, wo die Frau doch immer so nett war". So einen Satz von der Nebelkrähe zu hören, die mit Abstand ihrer eigenen Person an jedem etwas auszusetzen hatte, verblüffte

mich. Verwirrt über den Tumult vor meiner Tür, sah ich den Mann an.
"Ja, schon", sagte ich dann zögernd.
"Was ist denn..." Ich brachte die Frage nicht zu Ende. Einer dieser metallenen Särge, die man in Kriminalfilmen ab und an zu sehen bekam, wurde durch die Tür aus Ingrids Wohnung getragen.
"Ingrid??" Meine Stimme versagte mir den Dienst und Sterne tanzten vor meinen Augen Tango.
"Ja leider", drang die Stimme des Beamten an mein Ohr, bevor es schwarz und still um mich wurde.

"Frau Berger? Frau Berger?" Die Stimme kam von weit her. Ich kannte sie, verband sie mit grauen Schläfen und tausenden von Lachfältchen um die Augen. Licht drang schmerzhaft in meine Augen und zwang mich zur Rückkehr in meinen Körper.
"Sie kommt wieder zu sich, das war bestimmt der Schock. Wie ich gehört habe, kannte sie das Opfer recht gut." Das Licht der kleinen Lampe wich von meinen Augen. Einer der Sanitäter stützte mich, als ich auf meiner Küchenbank sitzend wieder zu mir kam. Jemand hatte etwas von einem Opfer gesagt.
Wie ein Eimer kaltes Wasser klatschte

die Erinnerung auf mich herab. Ingrid - der Metallsarg.

"Was ist passiert?", krächzte ich mit meiner angeschlagenen Stimme.

"Nun, wie es aussieht, haben sie kurzzeitig das Bewusstsein verloren", klärte mich ein Herr in Grün um die vierzig auf. Er stellte sich nochmals als Polizeiwachtmeister Filzer vor. Er hatte mich aufgefangen, als sich mein Gehirn entschied mich mal eben kurz auszuschalten.

"Nein, ich meine was ist mit Ingrid?" Die Frage war im Grunde genommen überflüssig. Ich wusste, dass sie tot war. Trotzdem fiel es mir schwer diese Tatsache ohne Bestätigung von Außen zu realisieren.

"Ich muss ihnen leider mitteilen, dass ihre Nachbarin Ingrid Rosner tot ist."

Schweigeminute. Ein Knoten bildete sich in meinem Hals, den ich erfolglos hinunterzuschlucken versuchte.

"Kannten sie die Frau gut?"

"Ja, sie war meine Freundin, sie litt sehr unter Arthritis, ich habe die Einkäufe für sie erledigt. Wir sind hier im vierten Stock, wissen sie?" Natürlich wusste er, dass wir uns hier in der vierten Etage befanden. Er war ja auch sämtliche Stufen persönlich hoch gelaufen. Ich kam mir dumm vor wegen meiner Bemerkung. Langsam gewann ich wieder einen normalen Bewusstseinszustand, aber ich konnte es immer noch nicht fassen.

"Fühlen sie sich fit genug, um uns ein paar Fragen zu beantworten, oder möchten sie vorerst zu einem Arzt? - Ich meine, sie sehen noch immer sehr blass aus." Besorgnis schwang in seinen Worten. Besorgnis, ich könnte noch einmal umkippen, wenn er jetzt die Sanitäter wegschicken würde.

"Ich denke es geht schon wieder", kratzte sich die Antwort aus meinem Hals. Ich musste unbedingt etwas Warmes trinken, sonst würde ich in einer viertel Stunde keinen Ton mehr herausbringen. Als hätte Lachfältchen meine Gedanken gelesen fragte er, ob ich mir nicht eine Tasse Tee machen wollte. Vielleicht lag es auch daran, wie ich seit einer vollen Minute die Kamillenteepackung fixierte. Schlange und Kaninchen wären ein passendes Bild gewesen. Mein Körper steuerte auf den Wasserkocher zu und hustend erkundigte ich mich, ob die verbliebenen, also Herr Filzer und Kollege Unbekannt, auch eine Tasse wollten. Sie nahmen dankend an, unter der Bedingung, dass es keine Umstände machen würde, was ich immer noch hustend verneinte.

Wenige Minuten später saß ich mit den beiden Polizisten an meinem wackeligen Küchentisch und beantwortete ihnen alle Fragen die sie mir stellten. Ich erzählte wie es zu der Beziehung zu Ingrid gekommen war, wie man sich angefreundet hatte und auch wie meine Freundin Kerstin dazupasste.

Ich erzählte, dass Ingrid Kinder haben musste, weil sie es erwähnt hatte, letztendlich aber nur von ihrer Tochter Rosa erzählt hatte. Dann wurde ich nach meinem gestrigen Tagesablauf und nach dem heutigen gefragt, und natürlich war es die Nebelkrähe, alias Frau Krämer, die die Polizei darauf aufmerksam gemacht hatte, wie ich einen seltsam aussehenden Brief unter der Tür durchgeschoben hatte.

"Mitten in der Nacht!", hatte sie getönt. "Welcher Mensch tut denn so was? Nachts fremden Leuten irgendwelche ominösen Briefbomben unter der Tür durchzuschieben."

Den dezenten Hinweis der Beamten, Ingrid Rosner sei gewiss nicht an einer Briefbombe gestorben, überhörte sie und vermutete munter weiter. Ein Giftgasanschlag könne es ebenfalls gewesen sein und sie habe es schon lange gewusst, dass eines Tages so etwas passieren müsse. Schließlich sei – ICH - ihr immer schon suspekt vorgekommen. Und letztendlich sei die Rosner selbst schuld daran ermordet worden zu sein, denn wenn man seine Millionen in der Matratze bunkern würde und nicht wie anständige Leute auf der Bank, müsse man sich nicht wundern.

"Ja, ich hatte ihr jeden Tag nach der Arbeit die Post durch den Türspalt geschoben", eröffnete ich Herrn Filzer und ich erklärte den Beamten unser System mit der Einkaufsliste, dem Geld im Umschlag und der Post, die ich ihr ebenso zukommen lies.

"Haben sie jemals Medikamente für Frau Rosner besorgt?" Verdutzt über die Frage sah ich mein Gegenüber an.

"Nein, habe ich nicht. Warum fragen sie?"

"Kam es ihnen nicht seltsam vor, dass eine Frau, die so stark an Arthritis litt, dass ihr zum Teil der Weg von wenigen Metern schon schwer fiel, keine Medikamente benötigte?" Die Frage hatte einen lauernden Klang und im Nachhinein ihre Berechtigung. Ich überlegte kurz, bevor ich zu einer Antwort ansetzte.

"Das stimmt schon", sagte ich. "Ingrid

hatte mich aber auch nie darum gebeten."

"Könnte es sein, das jemand anderes diese Besorgung für ihre Nachbarin gemacht hat?" Wieder dachte ich nach. Wenn es so gewesen war, dann hatte ich keine Kenntnis darüber.

"Ich habe keine Ahnung", antwortete ich wahrheitsgetreu. "Ich kann ihnen darauf keine Antwort geben. Zumindest hat sie nie etwas darüber gesagt."

Mein Krächzen wurde etwas besser nach der zweiten Tasse Tee, trotzdem strengte mich das Reden enorm an. Plötzlich fiel mir etwas ein.

"Moment mal", sagte ich. "Einmal im Monat kommt ein Arzt auf die vierte Etage. Vielleicht hat er ihr die Medikamente gebracht", vermutete ich.

"Kennen Sie den Namen des Arztes?", fiel mir Filzers Kollege ins Wort. Angestrengt versuchte ich mich zu erinnern.

"Es war irgendetwas mit M am Anfang. Dr. Müller - Meier- Hauser- Meierhofer. Ja, Meierhofer. Dr. Meierhofer."

"Sind sie sich da sicher?", fragte Filzer.

"Ziemlich." Der Beamte betrachtete mich mit einem väterlichen Blick. Die Anstrengung der Befragung war mir sicherlich anzusehen und ich vermutete, er brach sie deshalb ab.

"Nun gut, sollte ihnen noch etwas einfallen, dann lassen sie es mich wissen."
Mr. Lachfältchen legte mir eine Visitenkarte mit seiner Durchwahl auf den Tisch.
"Dann wünsche ich ihnen noch gute Besserung." Ich verabschiedete die Beamten und schloss nachdenklich die Tür. Ihre Fragen waren beantwortet, doch meine blieben offen. Mir brummte der Schädel und ich war nicht sicher, dass der Schmerz rein von der Erkältung kam. Mit dem letzten Schluck meiner dritten Tasse Tee spülte ich eine Schmerztablette hinunter.
Ausgepumpt, leer und im Moment viel zu erschöpft, um mir ernsthafte Gedanken zu machen, sank ich in einen gnädigen, tiefen und traumlosen Schlaf.

Kapitel 13

Juli 1972 - Sommerresidenz

"Wo warst du so lange?", fragte Wilhelm seine Frau, als diese gut gelaunt in die Diele trat. "Ich habe mir ernsthaft Sorgen gemacht", fügte er hinzu. "Sophie?" Seine Frau zog den schwarzen Kapuzenmantel aus und summte dabei. Sie hängte ihn an die Garderobe, bevor sie ihm antwortete.
"Aus."
"Wie - aus?", staunte Willi.
"Na, eben aus. Weg. In einem Cafehaus, wenn du es genau wissen willst", erwiderte sie etwas gereizt. Wilhelm wollte die gute Stimmung seiner Angetrauten nicht verderben und fragte nicht weiter.
"Nun gut, meine Liebe, dann hoffe ich du hattest etwas Spaß dabei." Sophia war seit der Geburt der kleinen Katherina Sophie so deprimiert gewesen, dass er es für besser gehalten hatte, sie für eine kleine Weile auf den Sommersitz der Familie zu führen. Allem Anschein nach hatte die geplante Ablenkung Wirkung gezeigt und er sah seine Frau seit langer Zeit wieder einmal lächeln.

"Es war wirklich schön", erwiderte sie und ihre Gereiztheit war verschwunden. "Ich habe es genossen. Ich denke, ich sollte öfter in Cafés gehen." Sie lächelte ihn an.

Willhelm lächelte zurück. Er verbot sich selbst, seine Frau mit der Frage nach dem seltsam rauchigen Geruch zu erzürnen, der an ihrem Mantel zu hängen schien. Es war Willi egal, wo sie sich herumgetrieben hatte. Einzig und Allein die Besserung ihres Zustandes war jetzt wichtig.

Sie dinierten zusammen im roten Zimmer der Sommerresidenz und, wenn auch kein Wort gesprochen wurde, war die Stimmung bei weitem nicht mehr so angespannt, wie noch vor ein paar Tagen. Wenn er noch zwei oder drei Wochen mit ihr hier wäre, könnte sie die Situation vielleicht hinnehmen und nähme alles nicht mehr so schwer. Das Leben würde wieder leichter werden. Nicht nur für ihn, hoffte er.

Willhelm hatte klammheimlich schon vor einiger Zeit seine Verpflichtung über die Verwaltung von Mias Erbe an Wolfgang Hanauer übertragen. Er wollte sicherstellen, dass Mia es auf alle Fälle bekommen sollte. Testamentarisch war festgelegt, dass sie das Erbe am Tag ihrer Hochzeit erhalten sollte. Würde sie nicht heiraten, könnte ihr Kind bei Erreichen des 21ten Lebensjahres voll darüber verfügen. Mia selbst hatte unter seiner Obhut ebenfalls ein Testament verfasst, für den Fall, dass ihr etwas zustoßen würde.

Es mochte sich seltsam anhören, wenn eine so junge Frau ein Testament abschloss. Wilhelm Groß war jedoch ein vorsichtiger Mann.

"Eine Tradition in unserer Familie. Sie soll verhindern, dass weibliche Kinder, unter gewissen Umständen, von der Erbfolge ausgeschlossen werden", sagte er, als Mia ihn mit großen Augen ansah.

"Weiß Tante Sophie davon?", fragte sie flüsternd.

"Nein. Ich würde es ihr auch nicht erzählen. Sie würde es gewiss nicht verstehen. Das ist unser Geheimnis." Dabei zwinkerte er ihr zu.

Willi wusste, irgendwann musste er dies alles seiner Frau erklären. Doch es musste nicht gleich sein. Es hatte noch Zeit. Vorher würde man Sophia sehr vorsichtig auf eine Hochzeit vorbereiten müssen.

Kapitel 14

Namen und Aussagen

Robert Filzer besah sich die aufgenommenen Aussagen. Alles deutete auf einen Raubmord hin. Durchwühlte Schubladen, zerschlagenes Porzellan und eine Tote. Ursache des Todes, bislang unbekannt. Verdächtige, die Rentnerbande.
Es war gut möglich, dass die Frau schlicht einen Herzinfarkt bekommen hatte. Für ältere Menschen war so ein Überfall nichts, was man so einfach wegsteckte. Bis sie begriff, was um sie herum geschah, könnte es schon zu spät gewesen sein. Doch all die Theorien halfen ihm keinen Schritt weiter, so lange der Obduktionsbericht nicht vorlag. Außerdem hatte man ihm angekündigt, dass die Rentnerbande von einer anderen Abteilung übernommen würde.
"Sie kommen einfach nicht zu Potte, Filzer!", hatte ihm sein Vorgesetzter vorgeworfen. "Seit Wochen sind sie an dem Fall dran und es geht keinen Schritt weiter."
Seine Aufgabe war sozusagen, mit Aufnahme der Aussagen erfüllt.

"Wieder so ein Fall in dem keiner was mitbekommen hat und trotzdem stapelt sich der Papierberg mit den Aussagen", grinste Konrad seinen Kollegen Filzer an.
"Vor allem eine. Diese, - diese, Mist! Wie hieß die denn noch?", grübelte Filzer.
"Ah! Du meinst die, mit der 'Millionen unter dem Bett – Aussage'?"
"Genau!"
"Krämer. Hildegard Krämer. Und jetzt kommt der Hammer, Robert. So was hast du noch nicht gehört!", prustete Konrad, mit dem Formblatt für Personalienaufnahme in der Hand los. Er konnte sich kaum halten vor Lachen.
"Na, was ist denn so komisch?", fragte Filzer leicht gereizt. Es gab fast keine dämliche Ausrede, oder irrsinnige Aussage, die er im Laufe seiner Karriere noch nicht gelesen hatte.
"Kackvogel", johlte der Kollege, dem die Tränen in die Augen schossen.
"Willst Du mich beleidigen, oder bist Du jetzt durchgeknallt?" Skeptisch blickte er ihn über den Schreibtisch hinweg an.
"Nein, weit entfernt von beidem. Aber, hör zu." lachte Konrad weiter. "Hildegard Krämer, geborene Kackvogel!"
"Nein." meinte Filzer ungläubig. "Du

nimmst mich auf den Arm, oder? Die heißt nicht wirklich so!"
"Doch! Die heißt wirklich so. Zumindest hat sie es dem Kollegen Hirmer so buchstabiert", japste Konrad, der vor Lachen fast keine Luft mehr bekam und sich an den schmerzenden Bauch griff. Filzer konnte sich dem breiten Grinsen nicht entziehen, welches sich über seine Mundwinkel zog. Er behielt die Fassung und wurde schnell wieder ernst. Sich an die Klatschbase erinnernd, die ihre wilden Vermutungen gut hörbar auf dem Flur kundgetan hatte, schmunzelte er lediglich über das Potential an Phantasie.
"Ist ja gut jetzt, mit diesem Namen ist sie doch genug gestraft", meinte er schließlich.
"Und die Kranke? Die gleich Umgekippt ist?", fragte Konrad.
"Die Berger meinst du?"
"Ja - genau die! Es ist schon ein bisschen seltsam, für ein junges Mädel sich um eine fremde Rentnerin zu kümmern und sie sogar als Freundin zu bezeichnen. Findest du nicht?" Konrad setzte ein skeptisches Gesicht auf.
"Ein bisschen, aber auf der anderen Seite war die viel zu fertig mit den Nerven, um sich auf die Schnelle so eine Ge-

schichte auszudenken. Die war wirklich krank. Ich möchte nicht wissen, was sie an Medikamenten eingeworfen hat, bevor sie sich hinlegte. Ich dachte fast schon, in der Wohnung liegt das nächste Opfer, als sie nicht geantwortet hat."
"Trotzdem kannst du sie aus dem Kreis der Verdächtigen nicht ausschließen", konterte Konrad.
"Natürlich kann ich das nicht. Aber ich sage dir, sie war es nicht! Nenn mich emotional und meinetwegen auch gefühlsgeleitet irrational – Sie ist es nicht - sagt mir mein Bauch."
"Ja, der kriegt jeden Tag mehr Aussagekraft", juxte Konrad. Er zog Robert gerne auf, wenn sich die Gelegenheit dazu ergab.
"Sag mal, haben die dir was in den Kaffee getan, oder hast du den Kamillentee nicht ganz vertragen. Eine Frau ist tot, die Wohnung verwüstet, Wertgegenstände nicht, oder nicht mehr vorhanden, also wahrscheinlich gestohlen und DIR - fallen nur Dummheiten ein", stellte Filzer, den jungen Kollegen mahnend, fest. Er fühlte sich leicht angegriffen wegen der Bemerkung über seinen, in letzter Zeit etwas gewachsenen Bauch. Nur ein bisschen hatte er zugelegt, das war so, aber er war nicht fett.

"Hier, tipp das in den Computer. Es lenkt dich vielleicht ab und macht für ein paar Minuten wieder einen vernünftigen Beamten aus dir." Mit einem Wusch, landete der gesamte Aufnahmestapel auf Konrads Tisch, der gerade zu einer Antwort ansetzen wollte. Dank eines Blickes von seinem Kollegen Hilmer, der warnend den Kopf schüttelte, schluckte Konrad die Bemerkung hinunter.
Polizeiwachtmeister Filzer dachte an diesem Tag viel über den Fall nach. Der Verdacht, die hoch gelobte andere Abteilung würde erst übernehmen, wenn die Drecksarbeit getan und der Fall so gut wie aufgeklärt war, schlich sich ein. Schon oft war es so gewesen und zum Schluss hatten die anderen die Lorbeeren eingeheimst.
Und er dachte viel über Katharina Sophie Berger nach, die so hilfsbereit war, dass es verdächtig wirken musste.

Im Laufe der Ermittlungen stellte sich heraus, dass weder Millionen in der Matratze steckten, noch sonst ein Verdacht von Frau Krämer bestätigt werden konnte. Es war unübersehbar, wie sich die Verdächtigungen der Klatschbase beinahe ausschließlich auf die junge Berger bezogen. Ernsthaft ärgerlich dabei war, er musste Katherina immer wieder zu weiteren Befragungen an ihrer Arbeitsstelle aufsuchen. Für das Betriebsklima konnte es nicht förderlich sein, wenn die Polizei am laufenden Band hereinplatzte und damit den Eindruck erweckte, man hätte Dreck am Stecken. Er tat es auch nicht gerne und so hoffte er, die vierte Befragung bliebe genau so ergebnislos, wie die vorherigen und wäre auch endlich die Letzte.

Filzer glaubte nicht an die Schuld von Kate.
Seine Gedanken bewegten sich auf anderen Wegen. Das funktionierte bei ihm im Unterbewussten. Die Lösung des Rätsels lag ihm sprichwörtlich auf der Zunge, befand sich direkt vor seiner Nase. Einziges Problem war, er sah es einfach nicht. Er persönlich schloss die Rentnerbande in diesem Fall vollkommen aus. Zwar wurde die Wohnung verwüstet, aber irgendetwas passte nicht in dieses Bild. Er musste nur noch herausfinden, was genau es war.

Kapitel 15

Der letzte Wille

Es war viel zu warm für Anfang Februar. Fast so, als wolle sich dieser Monat für die extrem kalten Temperaturen der vorherigen Monate entschuldigen. Ingrids Beerdigung war an einem Donnerstag, ich hatte nach langen Diskussionen mit meinem Vorgesetzten ab Mittag frei bekommen. Niemand war darüber erfreut, das ich "Besuch" von der Polizei bekommen hatte und sozusagen aus der Produktionsreihe fiel, wenn es auch nur ein paar Minuten waren. Jetzt stand ich komplett in Schwarz - mit Jeans, einer Bluse und einer Übergangsjacke auf dem Westfriedhof vor der Kapelle.

Es war kurz vor zwei nachmittags und ich zweifelte, hier überhaupt richtig zu sein. Außer mir befanden sich keine weiteren Trauergäste auf dem Gelände. Eine fleischige Hand legte sich mir von hinten auf die Schulter und ich zuckte überrascht zusammen.

"Aber, aber, sie müssen doch keine Angst haben. Sind sie eine Trauernde der verblichenen Ingrid Rosner?" Das rundliche Gesicht des katholischen Pfarrers lächelte mich freundlich an.

"Ja, bin ich", gab ich zu. Fragend sah ich ihn an.

"Gut, dann gehen sie doch schon mal in die Kapelle und tragen sich in das Trauerbuch links am Eingang ein. Wir werden dann mit der Beerdigung beginnen, wenn sie fertig sind." Ich wusste nicht, ob es üblich war, sich die Besucher einer Beerdigung in einem Trauerbuch eintragen zu lassen, aber ich füllte brav die leeren Spalten mit meinem Namen, Geburtsdatum, Adresse und strich das Feld für die Telefonnummer aus.

Als einziger Eintrag prangte meine krakelige Handschrift auf der sonst leeren Seite.

Einsam und verlassen saß ich in der Kapelle, um an der Beerdigung teilzunehmen. Kerstin hatte nicht freibekommen und so war ich wirklich allein.

"Wir sind heute hier zusammengekommen, um die verblichene Ingrid Rosner auf ihrem letzten Weg zu begleiten", hörte ich den Gottesmann, dessen Stimme sich unwirklich anhörte und dessen Text in krassem Widerspruch zur Realität stand. Die Worte "wir" und "zusammengekommen" beschrieben für mich eine Gruppe von mindestens vier, fünf Leuten und nicht den Pfarrer und einen Trauergast.

Die Zeremonie war relativ schnell vorüber. Ich vermutete, der Priester übersprang einige Teile, aufgrund der geringen Besucherzahl. Es hätte auch an der Wärme der Sonne an diesem Tag liegen können, die ohne Erbarmen auf die schwarze Montur des Priesters brannte. Vielleicht spürte er auch nur einfach, dass ich mir fehl am Platz vorkam, so alleine auf der Beerdigung. Auf die Idee, dass es an dem Matsch lag, in dem er knöcheltief stand, weil der Boden von der Wärme aufgetaut und der neue Teil des Friedhofs, auf dem wir Ingrid beisetzten, einem Moorrast glich, kam ich nicht.

Ich erschrak, als der Mann mich plötzlich aufforderte einen letzten Gruß, eine Verabschiedung sozusagen, an Ingrid zu richten.

Ich stand mit der Hand voll Erde am Grabrand und wusste nicht was ich eigentlich sagen sollte. Letztendlich fielen mir die, wie ich meinte, richtigen Worte ein.

Sie war mir mehr wert gewesen, als ihrer Familie und so passte "Du warst mir mehr", in meinen Augen am Besten.

Was ich nicht wusste war, genau diese
Worte würden später auf ihren Grabstein gemeißelt werden.

Als ich in die vierte Etage zurückkehrte,
waren die Absperrbänder beseitigt und
die Tür zu Ingrids Wohnung stand offen.
Ich hörte den alten Hauser, wie er die
Räume abschritt und dabei murmelte.
Wahrscheinlich ärgerte er sich über die
Renovierungsarbeiten, die ihm die Verwaltung aufs Auge gedrückt hatte.
Die Möbel wurden in einem angemiete-
tem Lagerraum untergebracht, die
Wohnung musste neu gestrichen werden
und die Heizkörper wurden automatisch
entlüftet; ein neuer Teppich sollte im
Schlafzimmer verlegt werden und auch
der restliche Boden im Wohnraum war
so abgelebt, das man ihn würde erset-
zen müssen. Auch ein neues Bad würde
man anlegen, gesprungene Fliesen er-
setzten und eine neue Wanne würde
schon bald den Platz der alten einneh-
men. All diese Informationen konnte
man dem Grummeln des Hausmeisters
entnehmen.
Es würde nicht lange dauern, bis sich
neue Mieter für die Wohnung interessie-
ren würden und während mir das Ganze
irgendwie zu schnell ging, konnte es die

Verwaltung nicht fassen, dass es ganze drei Wochen dauern würde, bis die Wohnung wieder vermietet werden könnte.

Ich wollte im Moment einfach nur ins Bett und ein bisschen Weinen, ich war sicher, es würde mir danach wieder besser gehen. Kurz vor meiner Tür sah er mich.

"He! Berger!" Ich drehte mich um und er kam mit großen Schritten auf mich zu. Als Hausmeister hatte er seine Augen und Ohren überall im Haus. Anzunehmen, er würde auch nur die kleinste Kleinigkeit nicht registrieren, die in diesem Gebäude geschah, war eine Fehlannahme. So wusste er auch, wie ich zu der Verstorbenen gestanden hatte und auch, wenn er es nicht in meiner Gegenwart aussprach, hatte ich aufgrund meiner Freundschaft zu Ingrid seinen Respekt.

"Mädel, wie geht es dir?"

"Danke, ich komm schon zurecht."

"Und wie war die Beerdigung? Haufen Modepüppchen mit Pelz da gewesen?" Der alte Kauz versuchte mich aufzuheitern auf seine ihm eigene, verschrobene Art, aber manchmal zählt der Wille mehr, als der tatsächliche Akt und ich schenkte ihm ein Lächeln dafür.

"Wenn ich ehrlich sein soll, ich war die einzige Modepuppe und ich war froh keinen Pelz anzuhaben. Es ist ziemlich warm für Februar." Ein wenig verdutzt nahm er meine Aussage zur Kenntnis.
"Wenigstens hatte die alte Lady ein bisschen Sonne auf ihrem Begräbnis." Mit diesen Worten fand unser Gespräch auch schon wieder sein Ende.

Die Zeitungsartikel, über den mittlerweile bestätigten Mord an der 86 jährigen Ingrid Rosner, waren schon längst wieder vergessen. Zumindest von der breiten Masse der Bewohner der Stadt.
Nicht so in Etage Nummer Vier und die Redensführerin aller Morddiskussionen war unsere Nebelkrähe, Frau Krämer, die sozusagen fast schon im Flur wohnte und mir auflauerte, um mich jeden Tag über die Neusten Neuigkeiten auszuquetschen.
"Schließlich hatte keiner von uns so viel mit ihr zu tun wie du" und "das müsstest du doch eigentlich wissen", kamen jeden Tag in ihrem Fragensturm vor, den sie auf mich losließ. Ich konnte nicht begreifen wie jemand so viele Fragen in seinem Gehirn konstruieren konnte.
Andererseits verkniff sie es sich nicht,

mich hinterrücks zu verdächtigen und Vermutungen gegenüber der Polizei fallen zu lassen, die eindeutig meine Schuld beweisen sollten. In Ihrer Version war ich aus Prinzip schuldig. Verdächtig war trotzdem grundprinzipiell jeder andere auch. Ein Irrsinn an verrückten Gedankengängen, die ich weder nachvollziehen konnte, noch wollte.

Die Mitglieder der WG wurden wegen ihrer ständigen Geldnot verdächtigt, weil asoziales arbeitsloses Pack nun mal nichts anderes tat; die Rentner, die sich nicht sonderlich mit ihr abgaben auch, denn schließlich sei es nicht normal sich so wenig um die Geschehnisse zu kümmern, wie die beiden es taten; Thomas, das Phantom, weil sie nichts über ihn wusste; was eine richtige Glanzleistung des Mannes war und ich ihn nach seiner Methode fragen würde, sollte ich ihn jemals zu Gesicht bekommen; und das spanische Pärchen, weil sie aus Sicht der Nebelkrähe einer unterschwelligen Aggression frönten.

Der Übereifer den sie meiner Wenigkeit entgegenbrachte, zog allerdings reellen Ärger nach sich, der mich letzten Endes, wie ich vermutete, meinen Job kosten würde. Sollte ich eine Kündigung bekommen, würde als Begründung mit Sicherheit nicht der wahre Grund genannt sein.

Die Polizei ging von einem Raubmord aus, da sich kein Pfennig Bares mehr in dem Geldbeutel von Ingrid befunden hatte. Die Verwüstung der Räume ließ ebenfalls darauf schließen, dass die Täter gezielt nach Wertgegenständen gesucht hatten. Übliche Verstecke von alten Leuten waren geöffnet und offensichtlich durchwühlt worden und die Tatsache, dass erst kurz zuvor nochmals zwei weitere Rentner überfallen in ihren Wohnungen gefunden wurden, festigten diese Annahme bei den Beamten. Trotzdem war die Polizei verpflichtet, jedem noch so irrwitzigem Hinweis nachzugehen und die Nebelkrähe war Hauptlieferant solcher Aussagen.

"Man munkelt, sie soll es wegen des Erbes getan haben. Millionen soll die Alte besessen haben, alles unter der Matratze."

Auf die Frage, woher sie denn dieses Wissen hätte, antwortete sie jedes Mal mit beleidigtem Unterton. "Ich kann meine Quellen nicht verraten und schließlich ist das ein anonymer Hinweis."

Leider bewahrheitete sich dieses Hirnge-
spinst in Bezug auf das Erbe. Ich wurde
tatsächlich im Testament von Ingrid erwähnt. Der Notar las, auf Anweisung
Ingrids, Tage nach der Beerdigung den
Letzten Willen vor. Darin vermachte sie
mir keine Millionen, sondern ihren persönlichen Dank in Form eines Kuverts,
in dem sich vermutlich ein Abschieds-
brief von ihr befand.
Ich wollte nichts von dem Erbe und die
Verwandten die auf der Beerdigung ge-
fehlt hatten, waren bei der Verlesung,
oh Wunder, alle aus ihren Löchern ge-
krochen und saßen wie die Geier auf
ihren Stühlen, um die Reste zu zerpflü-
cken.
Man konnte deutlich sehen, das es ihnen
nicht gepasst hatte, dass Ingrid augenscheinlich schon vor längerem ihre eigene Beerdigung geplant, bestellt und be-
zahlt hatte und dieser Dienst nur noch
auf seinen Abruf gewartet hatte.
Natürlich fehlte dieses Geld jetzt in der
Erbmasse, die schon sichtbar dezimiert
wurde, wenn man den stolzen Preis von
siebzehntausendfünfhundert Mark des
Grabsteines betrachtete. Ihre Gesichter
schienen zu sagen: "Das wäre auch bil-
liger gegangen."
Die Tochter Rosa war noch die Harmlo-

seste. Ihr Sohn Edmund schaffte es nicht einmal zu grüßen. Am Schlimmsten musterte mich Edmunds Frau, die ihren verkniffenen Mund zu einem hässlichen Lächeln formte, von dem ich nicht wusste, was ich davon halten sollte. Ganz vorne in erster Reihe saß eine ältere Dame, die wahrscheinlich ein hämisches Grinsen unter dem undurchsichtigen, schwarzen Schleier verbarg, der ihr ganzes Gesicht verdeckte. Ich wurde den Verdacht nicht los, dass sie mit Ingrid nicht wirklich etwas zu tun hatte. Vielleicht eine entfernte Verwandte, die in dem Satz "zu gleichen Teilen vermache ich die Sparbücher allen noch lebenden, mit mir Verwandten" bedacht wurde.

Außerdem war da noch Dr. Meierhofer, der ein Bild bekommen sollte, welches er bei jedem Besuch bei Ingrid bewundert hatte und ein Herr Namens Kern, der offensichtlich aufgrund seiner Freundschaft zu ihr eine Uhr erbte.

Aus den geifernden Gesichtern die sie mir entgegen warfen, bis klar war, ich würde nur einen Brief von der Alten bekommen, sprach nun der blanke Hohn.

Es war mir egal. Bedingung für dieses Erbe war, dass ich auf der Beerdigung anwesend sein musste, was ich war und, dass ich als Letzte den Notar verlassen sollte. Ich wusste nicht wozu das gut sein sollte, aber, wenn es Ingrids Wille war, dann erfüllte ich ihn ihr. Es war auch kein sonderlicher Aufwand, oder ein unerfüllbarer Wunsch.

Als die Meute, auf dem Weg nach draußen, über die unmögliche Aufteilung von Bargeld und anderen Hinterlassenschaften stritt, nahm mich der Notar zur Seite und schloss die Tür. Wir befanden uns ganz alleine in dem Raum und er bot mir einen Stuhl direkt vor seinem Schreibtisch an.
"Frau Berger, sie werden sich denken können, warum ich sie noch hier behalten habe."
"Nein, nicht wirklich", gab ich ihm wahrheitsgetreu Antwort. Erwartungsvoll sah ich den Mann an.
"Nun, ich habe noch einige Fragen und auch Anweisungen an sie." Forschend sah er über den Rand seiner Brille hinweg.
"Schießen sie los", sagte ich. Ich konnte mir keinen Reim daraus machen, was für Anweisungen er noch an mich haben könnte und sah ihn erwartend an.
Ob ich mit meinem Erbe denn zufrieden sei, was ich mit ja beantwortete und die

Namen meiner Eltern. Das ich dieses Erbe nicht vor einer persönlichen Mitteilung von ihm öffnen sollte und, aber auch nicht später als zum 15 ten Februar in zwei Jahren und, dass ich vor Ablauf der letzten Frist zum Öffnen des Briefes ein Erinnerungsschreiben erhalten würde.

Ich war verwirrt über diese seltsamen Auskünfte, aber auch diesen Wunsch konnte ich erfüllen, zudem ich im Moment gar nicht in der Verfassung war, diesen Brief zu lesen.

Ich unterschrieb die Auflagen und steckte den Brief ein. An der Tür blieb ich kurz stehen und drehte mich nochmals um. Mir schoss eine Idee durch den Kopf, diesem Wirrwarr aus Anweisungen zu entgehen.

"Was würde es kosten, diesen Brief bei ihnen zu deponieren und sie schickten ihn dann mit der persönlichen Mitteilung zusammen an mich, wenn es an der Zeit ist?" Der Notar lächelte, kreuzte ein Feld auf dem Formular vor ihm an und Antwortete mir.

"Nichts, meine Dame. Dieser Dienst ist für sie kostenfrei."

Mein Erbe auf den Tisch legend verließ ich das Notariat. Dieser Termin hatte mich durcheinander gebracht. Deshalb

nahm ich nicht den Bus, sondern entschloss mich für einen Spaziergang zu
meiner Arbeitsstelle, um mir einen kla-
ren Kopf zu schaffen.

Leider wusste die Polizei nichts von meinem Termin bei dem Notar und besuch-
te mich das vierte Mal im Büro meines
Vorarbeiters.
Es war Herr Filzer, der wieder einmal auf
mich wartete, bis Johann mich mit einem derben "Die Bullen sind schon wieder wegen dir hier, wenn das so weiter-
geht zieh ich dir die Zeit vom Lohn ab!"
- in den kleinen Raum am Ende des
Ganges schickte. Wie die Male zuvor,
stellte er sich provokativ in die offene
Tür, bis er, auch wie die Male zuvor,
dezent darauf hingewiesen wurde, dass
die Sache nicht öffentlich sei und er die
Tür gefälligst von Außen zu schließen
hätte.
"Krämer gegen Berger?", fragte ich un-
verblümt.
"Anonym", erwiderte er.
"Na, das ist doch wohl das Selbe, Herr
Filzer. Was wollen sie denn diesmal wissen." Langsam aber sicher nervte mich
dieses Spiel, welches die Nebelkrähe in
Gang gesetzt hatte und auch Herr Filzer
verlor allmählich die Lust immer wieder

neuen Vorwürfen und Hinweisen nachzugehen, die sich ohnehin nicht bestätigten.
"Sie hatten einen Termin beim Notar,
wie man mir sagte. Haben Sie geerbt?",
fragte er in resignierendem Tonfall.
"Ja, habe ich." Verblüfft starrte er mich
an. Er hatte nicht erwartet diese Antwort zu bekommen.
"Und was, wenn ich fragen darf?" Es
klang erwartungsvoll. Er kam mir vor,
wie ein Kind zu Weihnachten, welches
an der Form des Päckchens ein sehn-
lichst gewünschtes Geschenk zu erkennen glaubt. Ich tat geheimnisvoll, um
diesen Gesichtsausdruck noch einen
Moment genießen zu können. Auf eine
seltsame Weise war der Mann sehr
sympathisch.
"Nun - ich machte eine bedeutungsvolle
Pause - "einen Briefumschlag!"
"Einen was?", fragte er ungläubig.
"Ich erbte einen Briefumschlag", wie-
derholte ich meine Aussage. "Einen ganzen, weißen, handelsüblichen, zugekleb-
ten Briefumschlag. Keinen Halben und
auch keine zwei. Einen DIN A 5 Briefumschlag."
"Und was war in diesem Umschlag?"
"Das weiß ich nicht. Ich habe ihn nicht
geöffnet."

"Und wo ist dieser Umschlag jetzt?"
"In der Obhut des Notars." Seine Verwirrtheit stand ihm sprichwörtlich ins Gesicht geschrieben.
"Wissen sie denn, was sich in dem Umschlag befinden sollte?"
Es reichte mir langsam.
"Wenn es nach der Quelle ihrer so genannten anonymen Hinweise geht, wohl Millionen. Wahrscheinlich die Millionen die Ingrid in ihrer Matratze versteckt hielt, obwohl ich stark bezweifeln möchte, dass sie in einen handelsüblichen Briefumschlag passen würden. Gehen sie zum Notar und lassen sie sich von ihm erklären was in dem Umschlag steckt. Aber seien sie nicht enttäuscht, wenn es nur eine Danksagung an den einzigen Menschen ist, dem sie überhaupt so viel wert war, dass er zu ihrer Beerdigung gegangen ist, während sich die "Trauernde Familie" lediglich bei der Verteilung ihrer Sparkonten hat blicken lassen." Meine Wut war deutlich herauszuhören.
"Kate. Beruhige dich. Ich bin nicht dein Feind." Filzer wurde persönlich, was eigentlich nicht seine Art war. Dieses Mädchen tat ihm leid und so rutschte ihm dieser Satz mehr oder weniger einfach heraus.

"Kann ich jetzt gehen? Ich hätte da so nebenbei noch einen Job, dem ich dann und wann nachgehen sollte." Ich war sauer. Diese ständigen Angriffe gingen mir furchtbar auf die Nerven.
"Natürlich", willigte er verständnisvoll ein. Als ich mich auf den Weg zu meinem Arbeitsplatz machte, meckerte Johann mich kurz an, weil es wieder über eine halbe Stunde gedauert hatte und ich antwortete ihm genauso derb, er könne mich mal im Mondschein besuchen.

Kapitel 16

Begegnungen

"Robert, du kannst aufhören zu schreiben, der Fall ist abgeschlossen!", meldete Konrad, als er erst seinen Kopf durch die Bürotür schob, um mit dem Rest zu folgen.
"Wie abgeschlossen?"
"Na - Abgeschlossen eben. Sie haben die Kerle."
"Wie, sie haben die Kerle?" Begriffsstutzig sah Filzer seinen Kollegen an.
"Na, die Rentnerbande. Einer der Rentner, der letzte Alte, der den Überfall überlebt hat, hat sie identifiziert und geschnappt hat man sie, als sie versuchten einen ehemaligen Karatelehrer zu überfallen."
"Das ist jetzt nicht wahr, oder?", fragte er ungläubig nach.
"Doch! Mach Feierabend. Überstunden sind vorbei!", sang Konrads Stimme durch den Raum.
"Und - haben sie gestanden?", fragte er unbeirrt weiter.
"Ja. Das heißt, alles bis auf den Rosner-Mord, aber den gestehen sie auch noch.

Es ist schließlich ihre Gegend gewesen und sonst kommt keiner in Frage. Die Kripo will die Akte schließen, wenn du verstehst was ich meine." Ein bedeutungsvoller Blick traf Filzer, als Konrad den Satz aussprach.

Robert zog das Papier aus der Maschine und knüllte den halb fertigen Bericht über den letzten anonymen Hinweis in den Papierkorb.

Konrad war bereits gegangen und hatte ihm als dezenten Hinweis mit einem Schmunzeln das Licht abgedreht, als er den Raum verlassen hatte. Filzer nahm seine Jacke und machte genötigter Weise Feierabend. Wenn die Kripo den Fall als erledigt ansah, dann bliebe ihm für diesen Tag keine andere Option, als die Arbeit zu beenden. Zwei Stunden später saß er in seinem Stammlokal an der Theke und gönnte sich ein Pils vom Fass, aber es wollte ihm nicht so recht schmecken. Es waren zu viele störende Kleinigkeiten. Die Tatsache, die Räuber hätten den einen Überfall nicht gestanden, war bislang der größte Haken, der ihn beschäftigte. Warum sollten sie ausgerechnet diesen einen nicht gestehen? Etwas war faul im Staate Dänemark, wie man so schön sagte und das vergällte ihm den Abend.

Das nächste große Ereignis in meinem Leben kam mit der Post. Meine Kündigung, die mit einer satten Nachzahlung für Strom am gleichen Tag in meinem Briefkasten lag. Wie vermutet lautete die Begründung nicht auf häufigen Besuch der Polizei in der Arbeitsstätte. Vielmehr wurde auf die schwierige wirtschaftliche Lage im Moment hingewiesen. Aus betrieblichen Gründen sozusagen. Außer mir wurde noch acht weiteren Personen gekündigt, wie ich von Kerstin später erfuhr. Für mich jedoch, sah es ganz so aus, als hätte ich den Schwarzen Peter gezogen, weil einer bestimmte Person in meiner Abteilung meine Nase nicht gefiel und, um die Sache noch abzurunden, entdeckte ich einen Tag später auf Ingrids Grab eine Bordeauxrote Rose, die mich seelisch komplett aus der Bahn warf.
Immer wieder diese Farbe und dieses unbeschreiblich grausige Gefühl, das ich damit verband.
Ich beschloss mir einen schönen Abend zu machen, um auf andere Gedanken zu kommen. Kein Café, eine Kneipe. Ja, das wäre das Richtige. Also machte ich mich an diesem Abend auf ins "Little Sunshine", um die Empfehlung von Rat-

te einmal zu testen. Ob der Laden tatsächlich so gut war, wie er immer wieder versichert hatte?
Ich würde es sehen.

Gleich von Anfang an setzte ich mich an die Theke. Dabei hatte ich nicht bemerkt, wie ich mich direkt neben einem Bekannten platziert hatte.

Das Erkennen meines Gegenübers kam erst, als eine Flucht von diesem Sitzplatz unmöglich war, es sei denn man machte sich nichts daraus, als unhöflich zu gelten.

"Hallo Kate, Sie hier?", wunderte sich der Polizist, der in ziviler Kleidung neben mir saß.

"Ja - ich hier, wenn es erlaubt ist, Herr Filzer", sagte ich kühl. Ich wollte mir die Überraschung nicht anmerken lassen und versuchte ein Pokerface aufzusetzen.

"Kate, sie sollten wirklich nicht in solchen Lokalen logieren, wenn ich mir diese Bemerkung erlauben darf!"

"Nein, sie dürfen nicht", verbot ich ihm gereizt.

"Aber, was habe ich ihnen denn getan?" Scherzhaft hob er beide Hände in die Luft, als würde ich ihm eine Pistole an die Brust setzen.

"Finden sie nicht, dass sie sich sehr viel herausnehmen? Erst bringen sie mich mit ihren Verhören in Verdacht, sorgen mit ihrer ständigen Anwesenheit dafür, dass ich meinen Job verliere und jetzt verfolgen sie mich und wollen mir auch noch vorschreiben in welchen Lokalen ich zu logieren habe und in welchen nicht?", zählte ich auf. Es war eine volle Breitseite. Natürlich war er nicht schuld am Verlust meines Jobs, höchstens an den blöden Bemerkungen, die ich von meinem Vorarbeiter an den Kopf geworfen bekam. Und ernsthaft verdächtigt hatte mich auf der Arbeit auch niemand. Ebenfalls glaubte ich nicht ernsthaft daran, dass er mich verfolgte. Der Zufall, ausgerechnet hier und jetzt mit ihm zusammenzutreffen und meine momentane Laune, waren mir im Moment einfach zu viel. Erschüttert und verdutzt starrte er mich an.

"Vergessen sie es", sagte ich versöhnlich, als mir meine eigene Ungerechtigkeit aufgefallen war. "Ist mir so rausgerutscht. Sie sind nicht schuld. Sie waren nur zur falschen Zeit am falschen Ort." Ich rutschte von meinem Barhocker und wandte mich zum Gehen.

"Halt! Kate! Bleiben sie hier!", rief er. Ich drehte mich zu ihm um. "Ich habe mich auch nicht richtig verhalten, befürchte ich. Bitte setzen sie sich wieder" bat er und hielt mir die Hand hin. "Ich bin Robert." Ich ergriff sie und rutsche wieder auf den Barhocker.

"Katherina, Kate für meine Freunde",
stellte ich mich ihm vor.
"Also gut. Kate. Sie sind also jetzt arbeitslos. Ich lade sie ein. Was möchten
sie trinken?"
Von da an unterhielten wir uns über
Gott und die Welt. Dieses Lokal schien
für mich wie eine zweite Welt, in der
alles anders und einfacher war. Robert
wurde mir immer sympathischer und als
es Zeit war zu gehen, gab er mir priva-
ten Geleitschutz bis vor die Wohnungstür. So fürsorglich hatte ich mir immer
meinen Vater gewünscht, aber ich hatte
keinen. Zumindest hatte ich meinen Vater nie gekannt. Ob er wohl auch so
war?
Der Geleitschutz war Frau Krämer nicht
entgangen. Allein die Tatsache nicht einfach so aus der Tür stürmen zu können
und auf die Sicht ihres Tür-Spions angewiesen zu sein, verhinderte ein Erkennen meiner Begleitung.

Robert Filzer erwachte am nächsten
morgen mit Kopfschmerzen die galakti-
sche Ausmaße annahmen, sobald er sein
Haupt bewegte. Erst nach einer ge-
schlagenen viertel Stunde schaffte er es
sich aufzurichten und beim Anblick der
Badezimmertür kamen ihm Zweifel, ob

er mit diesem Kopf überhaupt durch sie hindurchpassen würde. Er passte durch und lies sich die vorangegangene Nacht, über die Kloschüssel gebeugt, noch einmal durch den Kopf gehen. Er schwor sich, wie schon viele Male zuvor in seinem Leben, seinen Alkoholkonsum für die Zukunft einzuschränken. Er war kein Säufer, hatte aber ab und an die Angewohnheit ein bisschen mehr zu trinken als ihm gut tat.

Eine Stunde später, geduscht und mit zwei Schmerztabletten selbst verarztet, holte er die Zeitung ins Haus und grübelte über der Schlagzeile.

Rentnerbande gesteht: "Wir haben die Rentner überfallen."

Er dachte nach.
Was wäre wenn? Wenn diese Räuber die Alte Frau Rosner nicht ermordet hatten? "Was wäre wenn" war sein Lieblingsspiel, wenn man dieses als solches bezeichnen konnte. Er nahm sich einen Zettel und einen Stift und fing an sich Notizen zu machen. "Dänemark" murmelte er, während er überlegte.

An diesem Abend hatte sich Filzer "Arbeit" mit nach Hause genommen.

Eigentlich durfte er sich um den Fall
Rosner nicht mehr kümmern, doch bevor er die Akten endgültig aus der Hand
geben würde, wollte er sich vergewis-
sern, dass sie nichts übersehen hatten.
Er nahm als erstes die Aussage von Frau
Krämer zur Hand und musste unwillkürlich über den ungewöhnlichen Mädchen-
namen schmunzeln.
Eine Hochzeit, aus dem einzigen Grund
nicht mehr Kackvogel heißen zu müssen, war für ihn gut vorstellbar. Diese
Frau war eine Art Überwachungskamera,
welche die Geschehnisse des gesamten
vierten Stockwerks einsah. Obwohl sie
beteuerte auch noch andere Dinge zu
tun zu haben, als das Leben anderer
Leute auszuspionieren, entging ihr sehr
wenig. Das Problem dabei war, die persönlichen Einschätzungen der Frau aus
den Berichten herauszustreichen und
auf die Fakten zu beschränken.
Am 25ten Januar war sie gegen sechs
Uhr aufgestanden, weil sie nicht mehr
schlafen konnte. Anscheinend hatte das
spanische Paar nebenan einen Disput
über das Abziehen der Toilette nach
dem Benützen derselben, gegen 6:15
verlies Frau Berger das Haus, gegen
8:00 verlies Herr Costa den Wohnblock,
um seinen Dienst bei der Müllabfuhr an-

zutreten.

Um 11:30 betrat Eugenie Kurz den Flur, um den Liebhaber der letzten Nacht, wie sie hoffte, ungesehen aus der vierten Etage zu führen.

"Dieses Flittchen schleppt jeden Tag asoziales Gesindel hier herein. Man muss ja richtig Angst haben, wenn man den Flur betreten muss." Dies war einer der Sätze, den Robert mit einem dicken schwarzen Stift von den vor ihm liegenden Seiten strich.

Als die Etagentür hinter ihm zuschlug ging die Tür von Frau Rosner auf und Äugi ging in die Wohnung.

Laut der Aussage von Eugenie hatte sie sich etwas Zucker geborgt und bat Ingrid nichts von dem Mann zu erzählen, wegen der ollen Wachtel von Gegenüber, womit sie Frau Krämer meinte.

Das wurde von der "ollen Wachtel" in sofern bestätigt, als das sie einen kurzen Aufenthalt von Äugi angab, die mit einer Tasse Ingrids Wohnung wieder verlies.

Weiter lautete die Aussage, dass Frau Rosner gegen 13:00Uhr noch gelebt haben musste, da zu dieser Zeit die Tasse, die wahrscheinlich von Äugi vor die Tür gestellt wurde noch stand, diese aber gegen 13:15 weg war.

Gegen 13:30 konnte man Kalle auf dem Flur den Teppich anstarren sehen, das Rentnerpaar verlies das Haus gegen 14:00, um vom Kaffeeklatsch gegen 16:30 zurückzukehren.

Ratte klopfte gegen 14:15 an die Tür von Ingrid, trat ein - und kam erst wieder gegen 15:00 heraus.

Ratte konnte bisher noch nicht ausfindig gemacht werden, da der Mietvertrag auf Eugenie Kurz lief, aber niemand genau wusste wie er wirklich hieß.

Dann erzählte sie noch von einer älteren Dame, welche ihr im Treppenhaus entgegenkam, als sie ihre Wäsche aus dem Keller hoch trug, in dem sie ungefähr eine viertel Stunde wartete.

Sie hatte den Zeitbedarf vom Trockner falsch eingeschätzt und würde den Teufel tun und wegen 15 Minuten vier Stockwerke hoch und wieder runter zu laufen, wenn es nicht sein musste.

Kurz vor 22:00 hatte sie einen, ihr völlig Fremden, im Treppenhaus gesehen und kurz darauf war Kate gekommen und hatte ihr freche Antworten gegeben.

Aber was konnte man schon von einer erwarten, die fremder Leute Post an sich nahm. Filzer kratzte sich nachdenklich am Kopf. Es war eine unglaubliche Flut an Informationen, die von dieser einzel-

nen Person aufgenommen worden war. Leider hatte sie nicht den kompletten Tagesablauf beobachtet, denn wie sie schon sagte, schnüffelte sie schließlich niemandem hinterher. Trotzdem war es für Filzer nicht nachvollziehbar, das ausgerechnet dieser Frau drei junge Männer entgangen sein sollten, die nicht ins Haus gehörten.
Es gab nicht eine Aussage der anderen Befragten, die diesen Tagesablauf auch nur im Geringsten widersprochen hätte.

So wie es aussah, kamen zwei Personen in Frage, welche die Alte Lady überfallen haben könnten. Der ominöse Unbekannte, der bereits Frau Krämer aufgefallen war und den auch Kate erwähnt hatte, oder dieser Ratte, dessen Identifizierung bis jetzt nicht gelungen war und der sich seit dem Tag des Verbrechens scheinbar in Luft aufgelöst hatte. Andere Personen schloss er mangels Motiven aus. Der Unbekannte konnte auch jemand aus der Familie gewesen sein, der auf ein dickes Erbe spekulierte. Ratte war in so fern noch verdächtig, weil er verschwunden war.
Für die Kripo war er nicht von Bedeutung, da sich der Fall ihrer Ansicht nach erledigt hatte, weshalb auch nicht mehr

nach ihm geforscht wurde.

Robert Filzer aber, konnte sich seiner Neugierde diesen jungen Mann betreffend nicht erwehren.

Und da war noch eine Kleinigkeit, die sich nicht mit der Rentnerbande vereinen ließ. Man hatte im Blut einen auffällig hohen Insulinspiegel entdeckt. Ansonsten schien die Frau einfach so gestorben zu sein.

Die Geldbörse war zwar leer, aber noch vorhanden und die Zerstörung der Zimmer schien gezielt auf die üblichen Geldverstecke gerichtet, die Alte Leute bevorzugten, hätten aber auch von Haus aus nichts beinhalten können. Ihm kam plötzlich ein Gedanke.

Insulin - aber keine Hinweise auf eine Zuckerkrankheit der alten Lady.

Was, wenn der Arzt.....? Filzer überkam eine ungute Ahnung.

Kapitel 17

Die Spur der Ratte

Nachdem er ihr hinterher geschlichen war und sie wieder in dem grauen Haus verschwand, beschloss er noch einmal zurück zu gehen, um sich etwas in dem herrschaftlichen Sitz umzusehen. Man konnte leicht durch die ehemalige Dienstbotentür eindringen. Er hatte keine Probleme und betrat nach zwei Sekunden Arbeit das Haus. Leicht zu knackende Schlösser, über die er jedes Mal den Kopf schüttelte, sobald er eines von ihnen vor die Nase bekam. Es war ein relativ großes Haus, im viktorianischen Stil mit Licht durchfluteten Räumen. Es war so wie meistens. Er wusste noch nicht genau nach was er suchte, hatte er es erst einmal gefunden, würde er es erkennen. Auf dem alten, wuchtigen Schreibtisch lag ein Buch. Er begann darin zu blättern und es schien jegliche Farbe aus seinem Gesicht gewichen zu sein, als er die letzten Seiten las. Eine zierliche Handschrift beschrieb unvorstellbar grausame Pläne, Taten, Morde die bereits geschehen waren und auch welche, die noch geschehen würden, wenn er nicht sofort eingriff. Unmittelbar verließ er das Haus. Die Zeit drängte.

Marcell Wagner stand in der Polizeistelle und erkundigte sich nach dem Polizisten, der den Fall Rosner geleitet hatte. Er bekam die Auskunft, Herr Robert Filzer wäre dieser Beamte gewesen und befände sich im Wochenende. Der Fall sei jedoch von der Kripo bereits abgeschlossen. Er dankte für die Auskunft, lief in die nächste Telefonzelle und suchte Filzers Adresse heraus.

Er musste unbedingt mit ihm reden. Der Fall durfte nicht abgeschlossen werden, denn der Mörder war noch frei.

Robert Filzer staunte nicht schlecht, als der junge Mann ihm von seinen Ermittlungen berichtet hatte. Auch das kleine, aber dicke Buch, welches vor ihm auf dem Tisch lag, hatte er überflogen. So eine Masse an Wahnsinn verschlug auch ihm die Stimme und er wusste nicht, was er dazu sagen sollte.

"Wir müssen unbedingt etwas unternehmen", forderte Marcell.

"Ja, das müssen wir", pflichtete Robert ihm bei. "Es duldet keinen Aufschub, wenn wir nicht noch ein Mordopfer haben wollen. Ich werde das Nötige in die

Wege leiten."

Die neue Mieterin in Ingrids ehemaliger Wohnung war ebenfalls eine ältere Dame, die sich schnell mit der ganzen Etage anfreundete und sich sogar mit den komischen Vögeln der WG relativ gut zu verstehen schien.
Nur Ratte konnte sie nicht leiden und er warnte mich eindringlich vor ihr.
"Bleib ihr fern", sagte er eine Woche nach ihrem Einzug. "Ich hab eine Nase für Ärger."
Eine überflüssige Information, denn freiwillig hätte mich nicht mit ihr angefreundet. Sie war mir nicht sympathisch und ich wurde nicht richtig warm mit ihr. Sie hatte etwas Kaltes und Berechnendes an sich, wobei sich mir auf den ersten Blick bereits die Nackenhärchen sträubten. Wenn sie einen anlächelte, standen ihre Augen in einem krassen Gegensatz zu ihren Gesichtszügen. Ich beschränkte mich deshalb auf - Guten Tag - und - Guten Abend -, wenn ich sie sah.

Noch nie hatte ich mich mit einem Polizisten betrunken und über dieses Erlebnis musste ich noch zwei Wochen später insgeheim lächeln. Ich hatte einen Hüter des Gesetzes abgefüllt. Nach dem Besuch in der Kneipe war ich wohl angeheitert, aber Filzi, wie ich ihn in meinem angetrunkenen Zustand nannte, war richtig Blau.

Ratte sah ich jetzt fast jeden Tag und ich fragte mich, ob er es wohl aufgegeben hatte hübsche Mädchen mit Freund an sich binden zu wollen.

Paul nahm die Besuche von Ratte hin, wie ein leidender Hund der in der Ecke liegt und dem man seinen Fressnapf jeden Tag ein bisschen weiter wegzieht.

Dagegen würde ich demnächst etwas unternehmen müssen. Viel zu lange schob ich diese Angelegenheit schon vor mir her. Es war einfach nicht fair was ich machte und ein klein Wenig hasste ich mich selbst dafür.

Es war höchste Zeit klare Verhältnisse zu schaffen. Zum anderen musste ich etwas gegen meine Arbeitslosigkeit unternehmen. Alle Bemühungen, als Bedienung wenigstens ein bisschen Geld zu verdienen, waren an meiner geringen Erfahrung in diesem Bereich gescheitert. Die wenigen Ersparnisse würden mich nur sehr kurzzeitig über Wasser halten, waren aber für längere Durststrecken nicht ausreichend.

Als ich so über mein Leben nachgrübelte

klopfte es an der Tür.

Kapitel 18

Seltsamer Besuch

Erst wollte ich nicht öffnen, als ich das Klopfen an meiner Tür vernahm. Ich hatte schlichtweg keine Lust, mich im Moment mit wem auch immer zu unterhalten.
Der Besucher war jedoch hartnäckig und die Geräusche wurden eindringlicher. Wer es auch war, er würde nicht verschwinden, bis ich mich von meinem Sofa hoch gequält hatte, um ihm zu öffnen. Ich staunte nicht schlecht, als ich die neue Mieterin vor meiner Tür sah.
"Ja bitte?", erkundigte ich mich über den Anlass des Besuches, den ich mir nicht erklären konnte.
"Ich möchte mich mit ihnen über Ingrid Rosner unterhalten", kündigte sie mit einem leicht hochnäsigen Gesicht an. Verblüfft sah ich sie an. Was hatte diese Frau mit Ingrid zu tun? Vielleicht wollte sie aber auch nur etwas über die Wohnung erfahren, die sie jetzt bewohnte. Ich führte sie in die Küche.
Sie setzte sich auf einen meiner neuen Stühle, die ich mir kurz vor meiner Kün-

digung noch angeschafft hatte, während
ich selbst mich rücklings an die Küchenzeile lehnte.
"Was möchten sie mich denn so drin-
gendes über Ingrid fragen, oder geht es
um die Wohnung?", fragte ich skeptisch.
"Nun", fing sie an, "wie wäre es mit einer Tasse Tee? Es redet sich immer
leichter mit einer Tasse Tee, nicht
wahr?" Eine seltsame Freundlichkeit lag
in ihren Gesichtszügen. Gut, dachte ich.
Sie wollte eine Tasse Tee, sie sollte sie
bekommen. Es dauerte nicht lange, bis
das Wasser kochte und ich stellte in der
Zwischenzeit zwei Tassen und Zucker
auf den Tisch. Als die Teebeutel in den
Tassen hingen, kochte das Wasser und
ich goss die Getränke auf, drehte mich
dann wieder um und stellte den Kocher
wieder an seinen angetrauten Platz. Ich
setzte mich zu ihr an den lädierten Küchentisch und überlegte, ob ich die
Stühle noch zurückbringen konnte.
"Sie wissen nichts! Nicht wahr meine
Liebe?", mutmaßte sie. Ich sah sie un-
verständig an, schwieg und trank einen
Schluck.
Was wollte diese Frau von mir?
"Wovon weiß ich nichts?", fragte ich
nach einem Moment der Stille zwischen
uns. Den defensiven Part übernehmend,

sah sie erwartungsvoll an.

Nach einer weiteren Schweigepause fing sie wieder an zu reden.

"Na gut, ich verstehe", meinte sie und brach den Augenkontakt ab. "Sie wollen anscheinend das Warum ergründen. Gott hat mir nach dem Tod meiner Eltern gesagt, ich solle den Teufel beseitigen und das tat ich." Ich konnte mit dieser Aussage nicht viel anfangen und versuchte meine Verwirrung zu verstecken. "Ich hatte einen göttlichen Auftrag, verstehen sie? Er hatte sie verteidigt und dieses Gör hatte den Namen unserer Familie geschadet. Sie war der Teufel und Sie befleckte alles, an was wir glaubten, deshalb musste sie sterben." Allem Anschein nach war diese Frau wirklich nicht klar im Kopf. Eine Verrückte saß in meiner Küche, auf meinem Stuhl, an meinem Tisch und erzählte etwas von einem göttlichen Auftrag.

"Wer musste sterben - Ingrid?", wollte ich wissen.

"Nein! Ihre Mutter!", fauchte sie mich plötzlich ungeduldig an und deutete mit dem Zeigefinger auf mich. Ich hatte fast die halbe Tasse Tee getrunken und irgendwie war mein Kreislauf nicht mehr der Beste. Ich ignorierte meinen Zustand, da ich dieses unangenehme Gefühl mit dem ebenso unangenehmen Besuch verband. Was hatte diese Frau mit meiner Mutter zu schaffen?

"Meine Mutter?", ungläubig sah ich sie an.

"Dieses Miststück hatte unseren Ruf ruiniert. Alle waren froh, als es vorbei war und wir kamen zur Ruhe. Alles hätte so schön sein können. Doch dann spielte ER nicht mehr mit. Er wollte dich finden, dich in unsere Familie aufnehmen, die Brut des Teufels zurückholen!" Sie wurde richtig hysterisch und eine Art Wahnsinn lag in ihren Augen, die funkelten wie polierte grüne Edelsteine. Das komische Gefühl in mir verstärkte sich und mir wurde richtig schlecht. Ich war also die Brut des Teufels. Zwar begriff ich den Zusammenhang nicht, was ich aber begriff war, dass diese Frau unbedingt in eine geschlossene Anstalt gehörte.

"Aber ich habe es nicht zugelassen, ich habe ihm und unserer Familie die Ruhe geschenkt, die wir uns wünschten. Er liegt im Garten und schläft, friedlich, wissen sie? Er war schon immer im Garten am Glücklichsten. Und dann konnte diese Schlange nach dem Tod meines Bruders es nicht lassen."

Sie sprang auf und deutete auf ihre eigene Brust.

"Ich - ich alleine habe den Teufel in die Hölle zurückgeschickt! Ich habe Ingrid Rosner getötet. Sie hätte nicht nach ihnen suchen sollen. Sie hatte kein Recht dazu, den Frieden meiner Familie zu stören!"

Die Frau war wahnsinnig, soviel stand für mich fest und ich selbst fühlte mich inzwischen selbst, als müsse ich jeden Moment sterben. Es dauerte, bis ich das volle Ausmaß begriff.

"Was haben sie mir in den Tee getan?", fragte ich sie ahnungsvoll.

"Nur ein klein bisschen, damit sie schlafen können meine Liebe", erwiderte sie mit einem Lächeln, das ich nicht einordnen konnte und zuckersüßer Stimme.

"Was war es? Was für ein Teufelszeug?" Ich wurde panisch. Diese wahnsinnige Alte hatte tatsächlich vor mich zu töten.

"Aber meine Liebe", sagte sie sanft, wie ein Engel aus der Eishölle und kam auf mich zu, um mir über den Kopf zu streichen.

"Meine liebe Katherina Sophie, ich erlöse deine Seele. Verstehst du nicht, ich bin nicht grausam, sondern vergebe dir deine Sünden. Deine Seele wird rein in das Himmelreich unseres Herrn einfahren. Lass uns ein bisschen beten, bevor du

dich schlafen legst."
Die Tür schlug so hart auf, dass sich Farbe von der Wand löste und wie Schnee auf den Boden rieselte. Zwei bewaffnete Beamte der Kriminalpolizei stürmten die Wohnung und die Welt um mich schwankte und drehte sich, ehe sie aus meinem Blickfeld verschwand.

Sie hatten ein Klopfen gehört und durch den Spion in den Flur gelugt. Man sah, wie die Person sich umsah, als wollte sie sichergehen, dass niemand sie beobachtete.
Die Tür wurde geöffnet und Kate ließ sie ein.
Jetzt musste es schnell gehen.
Er war sich sicher, der Mörder hatte angebissen, die Verlockung war zu groß.
Man hatte eine Falle gestellt und Kate war der Köder. Ein unwissender Köder, doch in der Eile blieb keine Zeit, sie einzuweihen. Robert war nicht begeistert von der Idee, Zivilisten als Teil einer raffinierten Falle zu benutzen. Vor allem nicht, wenn sie nicht wussten, dass sie überhaupt eine Rolle in diesem morbiden Spiel hatten.
Polizeiwachtmeister Filzer, zwei Kriminaler und Marcell Wagner kamen auf Zehenspitzen aus der WG-Wohnung ge-

schlichen und postierten sich vor Kates Wohnung. Ein Arzt stand bereit, der nur auf seinen Einsatz wartete und der, Kates Leben retten sollte, wenn es nötig war.
Es gab keinerlei Probleme sich vom Hausmeister den Ersatzschlüssel aushändigen zu lassen, der jetzt lautlos in Kates Schloss verschwand, um mit einem fast unhörbaren Kalick die Tür einen winzigen Spalt zu öffnen. Die Gebete aller Beteiligten dieser Aktion, Kate möge mit ihrem eigenen Schlüssel das Schloss der Tür nicht blockieren, waren erhört worden.
Das Gespräch konnte einwandfrei von den Kriminalern mitgehört werden, um das bereits vorhandene Wissen gegebenenfalls zu ergänzen.

Marcell Wagner, alias Ratte, der Sohn aus der Detektei Wagner & Sohn hatte von Frau Rosner den Auftrag bekommen, den Vater ihrer Nichte ausfindig zu machen.
Dies geschah, als Ingrid Kate zum ersten Mal gesehen hatte. Sie dachte schon, sie würde den Verstand verlieren, da Kate ihrer richtigen Mutter - Maria Eleonore, geborene Kroner - wie aus dem Gesicht geschnitten war.

Wolfgang Hanauer wurde von den Detektiven gefunden und Marcell stieg in seine Wohnung ein, um nach Hinweisen zur Bestätigung seiner Identität zu suchen.

Man wollte sicher gehen, dass nicht er es war, der Maria beseitigt und auch später für das Verschwinden von Willhelm Groß verantwortlich war. Marcell fand Beweise, die es ihm unmöglich gemacht hätten diese Taten zu begehen. Wolfgang Hanauer war am Tag des Hausbrandes, in dem Mia den Tod gefunden hatte, nicht hier gewesen. Er befand sich 400 km weit weg, um in einer anderen Stadt den Grundstock für einen Neuanfang mit seiner Geliebten zu legen. In einer Schatulle, die der junge Detektiv bei Herrn Hanauer gefunden hatte, befanden sich die Zugtickets und eine Stempelkarte die seine Unschuld bewiesen. Es war unvorstellbar gewesen, dass er diese Dinge noch immer aufbewahrte. Doch es waren Erinnerungen, von denen sich der Mann einfach nicht lösen wollte.

Am Tag des Verschwindens von Willhelm Groß, lebte er bereits schon wieder wo anders und hatte Arbeit, der er allerdings nicht lange nachging.

Die Detektei fand Beweise, welche Sophia Manuela Groß, als die Brandstifterin am Hause Groß und als Mörderin von Maria Eleonore Kroner, Willhelm Groß und Ingrid Rosner entlarvten. Einer dieser Beweise war Sophies Tagebuch, in dem die Morde von der Planung, bis zur Ausführung detailliert dargestellt waren. Willhelm Groß war Diabetiker und seine Frau, die ihm auf die Schliche gekommen war was das Erbe der Kroners betraf, versetzte ihn mit einer Überdosis Insulin in einen tödlichen Zustand der Unterzuckerung. Die Entdeckung, das Vermögen würde in jedem Fall an die Brut des Teufels gehen, veranlasste sie den Gotteslästerer von seiner Sünde zu erlösen. Sie verfiel einem Wahn, der mit Gläubigkeit, oder dem Christentum nicht mehr viel zu tun hatte, in dem sie selbst sich aber in der Erfüllung von Gottes Willen sah. Sie vergrub ihren Mann in einem Blumenbeet und spielte die verlassene Ehefrau.

Ein ganzer Stapel alter Briefe, von einer gewissen Inett, die das Kindermädchen der Tochter von Ingrid gewesen war, wurde bei Wolfgang ebenfalls sichergestellt.

Herr Hanauer, der Ingrid auf deren ei-

genen Wunsch besucht hatte, erzählte
wie Inett, das Kindermädchen, vor der
Tür seiner Schwester Martina Berger
gestanden hatte, mit der Kleinen auf
dem Arm.
Martina hatte auch eine Tochter gehabt,
die erst vor kurzem an plötzlichem
Kindstod gestorben war, weshalb sie
von ihrem Mann verlassen wurde. Nachdem sich alle einig waren, das Kind nicht
mehr zurück bringen zu können, beschloss Martina es wie ihre eigene Tochter großzuziehen.
So wurde aus der Tochter von Maria
Eleonore Kroner, Katherina Sophie Berger.
Martina ging mit dem Kind fort und
kehrte erst nach mehreren Umzügen
wieder in die Stadt zurück. Es war unheimlich schwer die Angst zu bewältigen, unter der Sie das Mädchen aufzog.
Wolfgang, der die beiden ziehen ließ,
damit das Kind nicht bei ihm gefunden
werden konnte, fürchtete, man könne
ihn aufspüren. Inett hielt sie über die
Ereignisse auf dem Laufenden, welche in
der Großschen Familie vor sich gingen.
In ihren Briefen stand, man würde das
Kind nicht suchen. Es wurde vielmehr
totgeschwiegen und gehofft, es wäre mit
seiner Mutter dem Brand zum Opfer ge-

fallen. Marcell hatte Ingrid am Tag ihres Todes über die Ereignisse im Gesamten aufgeklärt und Ingrid hatte ihn über die damaligen Umstände unterrichtet und das sie vorhatte am Sonntag darauf auch Kate reinen Wein über ihre Herkunft einzuschenken. Der junge Detektiv wollte später noch einmal bei Ingrid vorbeisehen, begegnete dabei aber einer Frau, deren Ähnlichkeit mit dem Bild einer Person in Ingrids Wohnung so verblüffend war, das er beschloss ihr hinterher zugehen.
Sie kam gerade aus der Tür und ging aufs Treppenhaus zu.
Da kam ihm Frau Krämer mit ihrer Wäsche entgegen und er versteckte sich im Flur der dritten Etage bis er sicher war, dass sie weg war. Er verfolgte die Frau weiter und kam an ein ziemlich großes Anwesen.
Der Name der Frau war Sophia Groß.

Ich erwachte im städtischen Krankenhaus.
Das erste Gesicht, welches ich klar sehen konnte, war das von Ratte.
"Hallo Kate, na wieder unter den Lebenden?"
"Ja, ich denke schon", erwiderte ich mit brüchiger Stimme. "Wenn ich im Himmel

wäre, wäre mir wahrscheinlich nicht so furchtbar übel, oder?"

"Nein, ich denke nicht. Willkommen in der Hölle, die sich Erde nennt."

Marcell erzählte mir die Geschichte von Ingrid und ihrer Tochter Maria, von dem unehelichen Kind, dem Brand, meinem Vater und wie ich zu Katherina Sophie Berger geworden war. Und wie er erst darauf kam, dass Sophie Groß die Mörderin sein musste, als sie in die ehemalige Wohnung von Ingrid einzog, obwohl sie ein ansehnliches Anwesen besaß.

Dass "Tante Sophie" an einer Art religiösem Wahn litt, der sich aufgrund ihrer Erziehung und ihrer Kinderlosigkeit entwickelt hatte und sich nach dem Tod ihrer Eltern verstärkte.

Sie hatte das Haus in Brand gesteckt, in dem Maria den Tod gefunden hatte, und auch ihrem Mann zur Ewigen Ruhe verholfen, was nicht schwer war, wenn man sich wie sie, mit Diabetikern auskannte.

Der Wahn, der sie befallen hatte wurde neu entfacht, als Ingrid ihr mit einem Brief angekündigt hatte, dass sie ihre verschollene Nichte, - mich - gefunden hatte und dieser die ganze Geschichte ihrer Familie vorlegen wollte.

Sophie konnte sehr wohl damit leben,

die Abkömmlinge des Teufels verschollen zu wissen, nicht jedoch damit, dass sie in Verbindung mit ihrer Familie stehen würden und wieder auftauchten.
Sie kombinierte ihren Plan mit den Berichten über die Rentnerbande. Erst unbewusst, allerdings kamen die Umstände ihr sehr entgegen.
Ingrid musste erlöst werden, um den Auftrag des Herrn nicht zu gefährden und bei der Verlesung des Testaments, als ich einen Brief erhalten hatte, in dem ganz ohne Zweifel Dinge standen, die mir nicht zukommen sollten, musste sie auch mich beseitigen. Sie konnte es nicht zulassen, dass dieses Wissen an mich weiter gegeben wurde.
"Ganz ehrlich, Ratte"
"Ich heiße Marcell", unterbrach er mich.
"Marcell. Ich finde es schon irgendwie unheimlich, dass anscheinend jeder mehr über mich weiß, als ich selbst."

Ich hatte verdammtes Glück.
Das Strychnin, welches sie mir verabreichen wollte, war in Pulverform und sie konnte den Tee, in den sie es gestreut hatte nicht umrühren, ohne dass ich den Löffel hätte klimpern hören. Als ich den Wasserkocher zurück an seinen Platz stellte ließ sie das Gift in meine Tasse

rieseln. Dummerweise hatte ich mir in meiner Verwirrung Zucker in die Tasse getan und unterließ es deshalb den Tee selbst umzurühren.

Das hatte zur Folge, dass sich der größte Teil des Gifts auf dem Boden der Tasse absetzte, bevor ich auch nur genippt hatte. Da ich nur die Hälfte getrunken hatte, litt ich zwar an der Vergiftung, für einen schnellen Tod reichte die Dosis aber nicht aus.

Der Plan war, es als Selbstmord darzustellen, mit einem Geständnis als Grundlage meines angeblichen Abschiedsbriefes, den sie in ihrer Handtasche bei sich hatte.

Sie zog also in die leere Wohnung von Ingrid, um die Brut zu beobachten.

Marcell Wagner schloss sich mit Herrn Filzer zusammen und dieser mit der Kripo.

Gemeinsam stellten sie der Dame eine Falle.

Sie schrieben eine Notiz folgenden Wortlautes:

Ich weiß Bescheid über Sie.
Kommen Sie heute um 21:00 Uhr zu mir.

- und schoben ihn unter ihrer Tür durch.

Marcell blieb nicht der einzige Besucher während meines Krankenhausaufenthalts. Kerstin kam mich besuchen und versorgte mich mit Süßigkeiten. Paul kam und brachte mir ein flauschiges Plüschrobbenbaby und sogar Filzi, wie ich ihn seit der Nacht in der Bar nannte, hatte mir Pralinen und einen Strauß Blumen besorgt.
Als ich eine Woche später wieder entlassen wurde, brachte mich Marcell persönlich nach Hause. Der Briefkasten quoll über und als ich den Packen vor dem Papiercontainer aussortierte, entdeckte ich einen schlichten weißen Umschlag mit dem Stempel des Notars, der Ingrids Testament verlesen hatte.
Den hätte ich beinahe vergessen, dachte ich.
"Halt. Bevor du hineingehst, muss ich dir noch etwas sagen", sagte Marcell, als wir an der Wohnungstür angekommen waren.
"Was denn?"
"In deiner Wohnung ist eine Überraschung für dich."

"Welche Überraschung denn? Sag mir
bitte nicht, ihr habt die Wohnung neu
vermietet?", fragte ich skeptisch. Ich
wusste nicht genau, ob ich nach den
Aufregungen der letzten Zeit Überra-
schungen haben wollte.
"Sieh sie dir an, vielleicht gefällt sie dir."
Er öffnete mir die Tür und grinste mich
schelmisch an.
An meinem wackeligen Küchentisch saß
ein Mann, den ich nicht kannte, den ich
aber schon irgendwann einmal gesehen
hatte. Er stand auf und wir sahen uns
eine ganze Weile an. Ich ihn fragend
und er mich verdutzt.
"Kate - das ist dein Vater, Wolfgang Hanauer", hörte ich Ratte hinter mir.
"Entschuldige bitte, dass ich dich so an-
starre. Aber du siehst deiner Mutter so
ähnlich, als wärst du ihre Zwillings-
schwester", entschuldigte er sich.
Wir saßen Stunden zusammen und re-
deten über den Verlauf unseres Lebens,
und ich erfuhr mehr über mich und meine wirkliche Mutter, als ich selbst wusste. Er kam mir nicht vor wie ein Fremder. Wir waren so vertraut, als würden
wir uns schon ein ganzes Leben lang
kennen. Es war weit nach Mitternacht,
als er sich verabschiedete und wir um-
armten uns an der Tür.

Es würde noch viele, viele solcher Abende geben, bis wir uns wirklich alles erzählt hatten.
Marcell blieb in dieser Nacht das Erste Mal bei mir.

Paul und ich hatten uns geeinigt, unsere Beziehung auf ein freundschaftliches Maß zu beschränken, was uns beiden nicht schwer fiel, denn letztlich änderte sich nichts Wesentliches. Wir hatten mehr als Geschwister nebeneinander her gelebt, als das wir uns als reelles Paar hätten beschreiben können. Er ist jetzt mein bester Freund. Manchmal sieht ihn Ratte etwas seltsam an und ich bin schlau genug diese Blicke zu ignorieren. Dafür hatte Kerstin endlich ihre große Liebe entdeckt.
Eines nachts, als sie aus meiner Wohnung kam um nach hause zu fahren, rannte sie fast einen Mann um.
Dieser Mann hieß Thomas Meier, alias das Phantom. Es stellte sich heraus, dass er der Unbekannte war, der mich an Ingrids Todestag am Papiercontainer fast umgerannt hatte.
Er war Makler und die meiste Zeit im Ausland tätig, weshalb ihn niemand zu Gesicht bekommen hatte, da seine Ankunftszeiten in seiner Wohnung meist

zwischen ein und vier Uhr morgens waren, ebenso die Zeiten, in denen er das Gebäude wieder verlies. Er hatte es eilig, denn er hatte um eine halbe Stunde verschlafen und musste die Maschine nach London erreichen.
Meine Freundin verknackste sich den Knöchel, er trug sie in seine Wohnung, um sie zu verarzten. Die Maschine nach London flog ohne ihn. Plötzlich war sie ihm völlig egal. Manchmal möchte man nicht glauben wozu so ein kleiner Unfall gut ist.

Ein Ende

Der geerbte Brief enthielt eine Vollmacht mit den Grabdaten meiner Mutter als Passwort, die einen Zugang zu einem Bankschließfach ermöglichten.
Hätte ich das Erbe nicht angenommen, wäre es an ein Kinderheim gegangen.
In dem Fach befanden sich Wertpapiere mit einem Gesamtvermögen von einhundertsechzigtausend Mark und eine Karte mit folgendem Text.

Geld ist nicht alles, aber es erleichtert das Leben ungemein.

Ich wusste, was sie mir damit sagen wollte und ich hielt es auch so.
Das einzige, was ich mir gönnte, war ein kleines Haus im Grünen, in das ich mit meinem Freund, Marcell Wagner, den ich nur noch Ratte nannte, wenn ich ihn aufziehen wollte, einzog.
Achtzig Quadratmeter, mit einem kleinen aber feinen Garten.
Filzi und ich treffen uns regelmäßig im "Little Sunshine". Er ist so etwas wie ein zweiter Vater für mich. Kerstin und ich sitzen immer noch gerne zusammen und

teilen uns eine Pizza und die Meinung
über die Männer.
Die Lebensgeschichten von Ingrid wur-
den leider nie geschrieben.
Nicht von ihr selbst. Aber sie hatte
Recht, ich hatte sie als Erste gelesen.
Zumindest den Teil, der in diesem Buch
geschrieben steht.

Es ist schon eine ganze Zeit her, als ich
diese Geschichte erlebt habe.
Trotzdem erinnere ich mich daran als
wäre es erst gestern gewesen.
Es wird wohl noch eine Weile dauern, bis
auch diese Bilder verblassen.

Nachwort

Es ist Mai.

Die Sterne strahlen am Himmel und der Mond scheint auf mein Gesicht.

Die laue Luft weht wie ein Streicheln durch das offene Fenster über meine Haut und man hört das Plätschern des mondbeschienenen Baches, der sich nicht weit an meinem kleinen Haus vorbei durch die weiten Wiesen, bis zum Waldsee schlängelt. Auf der Fensterbank sitzend, atme ich mit geschlossenen Augen die klare Luft tief in meine Lungen. Der Umzug war geschafft; alles an seinem Platz. In zwei Wochen werde ich 21 Jahre. Ich trete an diesem Tag noch ein Erbe an, das mir eine sorgenfreie Zukunft bescheren wird. Sicherlich werde ich noch eine Ausbildung machen. Wenn ich mich für einen Beruf entschieden habe. Trotzdem ist es ein gutes Gefühl, sich nicht damit verrückt machen zu müssen.

Die Anspannung wird mit jedem Atemzug weniger, einfach ausgeatmet.

Alles fällt von mir ab und ich bin das erste Mal in meinem Leben wirklich glücklich und zufrieden.

Morgen werde ich mit meinem Vater auf

den Friedhof gehen.

Wir gehen jeden Freitag zusammen auf den Friedhof, um ein paar Rosen auf die Gräber zu legen.

Nicht irgendwelche Rosen, bordeauxrote Rosen, die so dunkel sind, dass die Ränder der Blütenblätter fast schwarz erscheinen.

Eine für meine Mutter Maria, eine für meine Ziehmutter Martina, eine für Isolde Hanauer und eine für Ingrid Rosner.

Ich schneide die Rosen vor meinem Häuschen ab. Sie wachsen und blühen fast das ganze Jahr am Pfosten der kleinen Veranda.

Doch am schönsten sind die

      Rosen
         auf
            Schnee.

Rechtliche Hinweise

Mehr von M.G.St. finden Sie auf der Webseite:
www.magic-good-stories.de
oder auf:
www.facebook.com/magic.good.stories.de